Miss Catastrophe

3. L'amour rend blonde

ISBN : 2-7459-0592-9

Hortense Ullrich

Miss Catastrophe

3. L'amour rend blonde

Traduit de l'allemand
par Bernard Friot

LES ROMANS DE
julie

Dans la même collection

Miss Catastrophe

1. On n'embrasse pas les sorcières
2. Courrier du cœur
3. L'amour rend blonde

Mardi 17 octobre

Waouh ! Il est fantastique. Parfait. Idéal.

Je suis folle amoureuse de lui.

Il est renversant. Au sens propre du terme. Je me suis étalée devant lui. Je me suis jetée à ses pieds, pour ainsi dire. Hihihi. Sans mentir. La honte !

Ce matin, ma mère m'a envoyée acheter du papier WC.

– Le paquet géant, je te prie, Jojo, celui de trente-deux rouleaux !

Je déteste ça ! C'est super gênant de se balader en ville avec du papier WC, d'autant que le paquet géant n'entre dans aucun sachet plastique. J'étais à cran et je ne souhaitais qu'une chose : rentrer le plus vite possible à la maison.

Et c'est là que je l'ai vu. Super mignon, waouh, craquant ! J'en ai eu le souffle coupé et mon cœur a fait un bond.

Moi aussi, une minute plus tard. Sur la laisse du chien. Je ne l'avais pas vue, parce que, fascinée, je ne quittais pas des yeux cet apollon.

J'ai dû m'étaler en souriant et conserver mon sourire une fois écrasée au sol, car son seul commentaire a été :

– Tu souris comme un ange.

Mon genou brûlait, mais je n'y ai pas prêté attention, incapable de détacher mon regard de Monsieur Univers. Il m'a adressé un sourire charmant et a ajouté :

– Un ange déchu, naturellement.

Puis il m'a aidée à me relever.

Mon genou me faisait de plus en plus en mal. Mais je ne pouvais pas détourner les yeux : je faisais tout pour capter l'attention de ce beau garçon afin qu'il ne remarque pas les rouleaux de papier WC. Ça aurait été plutôt gênant.

Il a touché mes cheveux et soupiré :

– Dommage que tu ne sois pas blonde.

Hein ? Qu'est-ce qu'il voulait dire ?

– Mais je suis blonde ! ai-je protesté.

Il a souri poliment.

–Châtain clair.

Mon genou me faisait horriblement mal. Quelque chose de liquide coulait lentement sur ma jambe. Avec la jambe indemne, j'ai catapulté discrètement le papier WC derrière moi.

–Les anges sont blond platine, a-t-il ajouté.

Ah bon ! S'il le dit…

Blond platine, ça ressemble à quoi exactement ? Et ça intéresse qui ?

Moi ! Parce que ce mec est incroyablement beau. Et super cool !

Il a désigné mon genou, sans cesser de sourire.

–Oh, tu es blessée, ça saigne !

–Non, non, ai-je répondu d'une voix pas très assurée, car je serrais les dents, tant la douleur était intolérable.

J'ai regardé mon genou. Il saignait. Et pas qu'un peu.

–C'est juste de la peinture, ai-je affirmé, tout en me demandant qui pourrait croire une pareille absurdité.

–Ah bon ! a fait le prince charmant avec un sourire enjôleur.

Ah, ce sourire ! Pourvu qu'il n'ait pas remarqué le papier WC.

– Il faut que j'y aille, s'est-il excusé en montrant le chien qu'il tenait en laisse.

– Hiiii ! me suis-je écriée, effrayée, en faisant un bond en arrière.

J'ai failli trébucher sur les rouleaux de papier en découvrant avec horreur le chien en question. Un caniche noir. Mais quel morceau ! Un caniche géant !

– On le gave d'hormones de croissance, ou quoi ? ai-je lâché.

Le caniche ressemblait à un champion de body-building. Un champion permanenté et frisé. Une horreur absolue.

Le propriétaire du chien a froncé les sourcils.

– C'est un caniche royal.

J'ai fait une grimace. Ah bon, royal ! Pas un caniche commun, naturellement. Moche comme un pou, mais royal. Un peu plus, et je commettais un crime de lèse-majesté ! Je me suis réprimandée intérieurement d'avoir montré aussi ouvertement mon dégoût pour ce cabot. Pour gagner le cœur d'un garçon, il faut flatter son toutou.

–Oooooh, qu'il est mignon ! me suis-je écriée.

Pas très convaincant, apparemment, car il m'a regardée sans comprendre. J'ai fait un geste vague en direction du caniche.

–Le chien. Je le trouve mignon.

Le mec a pris un air dégoûté.

–Sérieusement ? C'est la première fois qu'on me dit ça.

Bravo. Complètement à côté de la plaque.

–C'est-à-dire, pas super mignon, mais… euh… Au fait, il s'appelle comment ?

–Monsieur Schmitt.

–Monsieur Schmitt ?

Bon, et qu'est-ce qu'on répond à ça ? Je ne voulais pas me ridiculiser une nouvelle fois. Alors j'ai répété « Monsieur Schmitt » en hochant la tête assez stupidement. Puis je me suis dit que, puisque c'était un caniche royal, je ferais peut-être mieux de l'appeler « Monsieur de Schmitt ».

–Un nom débile, tu ne trouves pas ? a demandé le mec.

–Euh… ai-je prudemment répondu.

–C'est juste pour faire plaisir à ma grand-mère, a-t-il expliqué.

Là, je n'y comprenais plus rien.

–Je le promène tous les après-midi. C'est le chien de ma grand-mère. Elle a des difficultés pour marcher, alors c'est moi qui sors Monsieur Schmitt.

–Waouh, c'est super sympa de ta part!

J'étais très impressionnée, ce type était vraiment adorable.

Il a eu un sourire modeste.

–Oh, c'est tout à fait normal, non?

J'ai acquiescé.

–Bien sûr.

–Bon, il faut que j'y aille. On se reverra peut-être un jour..., a-t-il dit.

Mon cœur a fait un tel bond que j'ai posé la main dessus, pour l'empêcher de s'envoler.

–Je suis ici tous les jours, ai-je bafouillé.

Je mérite des baffes. Mais pourquoi est-ce que je raconte de pareilles idioties?

–Génial, à demain, alors.

Le prince charmant a levé la main, très cool, en signe d'adieu. Il a alors repéré le paquet géant de papier WC.

–Et n'oublie pas ton papier hygiénique.

Touché! Qu'est-ce que je fais maintenant?

J'ai baissé les yeux sur le paquet géant et je me suis entendue répondre :

– Ce n'est pas à moi.

Voilà : j'ai renié le papier WC de ma mère. J'avais l'impression d'être Judas.

– Ah bon, a-t-il fait. Salut !

Il a levé la main une nouvelle fois. Il attendait apparemment que je m'éloigne. Mais je ne pouvais pas. Il fallait que j'attende qu'il soit hors de vue pour ramasser le papier WC et le porter à la maison.

Ou devais-je le laisser là et partir ?

Non. Avec la chance que j'ai, quelqu'un se précipiterait à mes trousses pour me le rapporter, et ce serait encore plus gênant.

Je suis donc restée et j'ai attendu.

Il est resté aussi et a attendu.

– Je dois rester ici. J'attends quelqu'un. Tu peux y aller, ai-je dit.

Il a souri.

– D'accord. À demain.

Et il est parti.

J'allais me baisser et ramasser le papier WC lorsqu'il s'est retourné. Je me suis aussitôt redressée en faisant semblant de rien.

–Le blond platine t'irait super bien! s'est-il écrié en faisant un geste d'adieu.

J'étais comme pétrifiée. Avait-il vu que je m'apprêtais à ramasser les rouleaux de papier?

Non, sûrement pas.

Je n'arrive pas à y croire. J'ai un rendez-vous avec le mec le plus cool de la ville. Demain. C'est trop beau pour être vrai! Et il a au moins trois ans de plus que moi. D'ordinaire, les mecs de son genre ne regardent même pas les filles de mon âge.

Je suis encore restée un bon moment à regarder, l'air énamouré, dans la direction où il avait disparu.

Puis j'ai filé dans une droguerie. La vendeuse a remarqué mon genou et a demandé:

–Tu veux un pansement, n'est-ce pas?

–Non, ai-je répondu. Une teinture. Blond platine.

Mercredi 18 octobre

–Jojo, ma chérie, qu'est-ce qui t'est arrivé? s'est écriée ma mère, ce matin, en me voyant.

«Ma chérie»! Je rêve! Cette femme est incurable. Je déteste quand elle m'appelle «ma chérie».

–Oh, ça va guérir ! ai-je répondu en examinant mon genou.

–Ça m'étonnerait, a-t-elle dit en montrant mes cheveux.

Eh bien, bravo ! Si c'est ça, l'amour maternel ! Je boite avec un énorme pansement au genou, et elle n'a d'yeux que pour mes cheveux. Blond platine. Je les ai teints hier soir.

–C'est une erreur, ou bien l'as-tu fait exprès ? a-t-elle demandé.

–Tu as perdu un pari, hein, c'est ça ? s'est moquée ma sœur Flippi, du haut de ses huit ans.

La mission principale de Flippi est de me taper sur les nerfs et de me rendre folle. Il devrait exister une loi interdisant l'existence des petites sœurs.

J'ai tout essayé, autrefois, quand Flippi était encore petite. J'ai essayé de l'échanger contre un chien, de la vendre au marché aux puces, et par trois fois je l'ai « oubliée » sur le terrain de jeux. En vain. Elle s'est toujours débrouillée pour retrouver le chemin de la maison. J'ai vite compris que j'étais condamnée à vivre avec elle pendant des années.

Ma mère s'arrachait les cheveux, mais elle répétait sans cesse : « Tu verras, ma chérie, vous finirez par être les meilleures amies du monde. C'est une question de temps et de bonne volonté. »

À quoi je répondais : « Fais-la adopter, et je deviendrai sa meilleure amie ! »

Mais cette proposition la plongeait dans le plus profond désespoir et elle consultait tous les livres sur l'éducation qu'elle pouvait trouver. Elle se donnait tous les torts, puis rejetait la responsabilité sur mon père qui a pris la tangente à la naissance de Flippi. Depuis, ma mère est persuadée que Flippi et moi subissons de graves troubles psychologiques parce que nous grandissons sans père. Elle est toujours déçue quand elle nous traîne chez un spécialiste et s'entend dire que Flippi et moi sommes parfaitement normales. Un peu plus chaotiques que la moyenne, mais ça n'a rien à voir avec le fait que ma mère nous élève seule.

Pourtant, ma mère n'en démord pas. Le psy respire alors un bon coup et dit : « Madame Sonntag, que diriez-vous d'un entretien, vous et moi, sans les enfants ? »

Ce qui a le don de mettre ma mère hors d'elle. « Qu'est-ce que vous insinuez ? Vous croyez que j'ai des problèmes ? Ça, c'est un comble ! Je suis venue à cause de mes filles. Je me fais du souci pour elles ! » Elle se lève alors, dans un mouvement très théâtral. « Debout, les filles, on s'en va. » Et elle quitte en trombe le cabinet.

Donc, comme d'habitude, Flippi me tapait sur les nerfs, et franchement, je n'avais pas besoin des commentaires stupides d'une môme de huit ans.

– Hé, vous sortez de temps en temps ? Le blond platine est complètement « in » ! ai-je rétorqué à la mère et à la fille.

– Si à treize ans je fais de pareilles âneries, a dit Flippi à ma mère, promets-moi que tu me tireras une balle dans la tête !

Ma mère a soupiré.

– Ah, Filipine, je t'en prie ! Jojo avait sûrement de bonnes raisons pour se teindre les cheveux.

– Ça, tu peux le dire ! ai-je jubilé en lançant un regard reconnaissant à ma mère.

Flippi a levé les yeux au ciel. Puis elle s'est frappé le front avec la main.

– Ça y est, je sais pourquoi Jojo ressemble à un gyrophare. Elle veut sûrement impressionner un mec. Espérons que sa puberté va bientôt passer.

Flippi en parle toujours comme si c'était une maladie.

Je suis devenue rouge tomate. Ma mère a ricané.

–L'amour rend blonde, hein?

J'étais furieuse.

–Oh, la ferme…

–Non, l'amour rend bête! a constaté Flippi.

Cette phrase résonnait encore dans mes oreilles quand je me suis mise en route. Pour rejoindre l'homme de ma vie. Cette fois, c'est le grand amour, j'en suis sûre.

L'amour rend bête! Flippi peut parler. Elle verra quand elle aura mon âge.

J'espère qu'il n'aura pas le chien avec lui, aujourd'hui. Toute personne sensée refuserait de se montrer en public avec un bestiau pareil.

Jeudi 19 octobre

Finalement, le chien, ça va, quand on le connaît mieux. Je ne l'ai pas trouvé si moche que ça, hier. Qui sait? Bientôt ce sera super cool et très tendance de se balader avec un cabot de ce genre.

Ah, c'était génial hier!

Eberhard et moi – oui, c'est son prénom, personne n'est parfait ! Mais dès qu'on s'y est habitué, ça ne paraît plus aussi bizarre. C'est une « Josefine » qui vous le dit, hahaha ! Eberhard et moi, donc, nous avons promené Monsieur Schmitt tout l'après-midi. C'est dingue, non ?

Ah, c'était génial ! Il est siiiiiiiii mignon ! Euh, pas le chien, Eberhard. Mon Dieu, j'arrive à peine à écrire son prénom. Pas facile de s'y habituer.

Quand on le voit, on n'imaginerait jamais qu'il s'appelle Eberhard. Il est tellement craquant, spirituel, intéressant.

Je suis donc allée hier en ville pour rencontrer Eberhard. Il a failli ne pas me reconnaître. Avec mes cheveux blond platine.

Il est passé à côté de moi et j'ai appelé : « Hé ! » Il s'est arrêté, m'a regardée, a ouvert de grands yeux et a dit :

– Ah, c'est toi ! Incroyable, tu t'es teint les cheveux !

J'ai rougi et répondu, toute fière :

– Blond platine !

Il a grimacé un sourire et répété : « Blond platine ». Puis il ajouté, charmeur :

– Très cool. Ça te va bien. Ça te donne un air…

Il cherchait ses mots.

– … angélique ? ai-je proposé.

Il a ri. Puis il est redevenu sérieux.

– Mon ange blond, a-t-il dit, et j'ai fondu.

C'est le grand amour. Pas de discussion.

– Tu nous accompagnes ? Monsieur Schmitt déteste rester immobile.

– Bien sûr, ai-je répondu en gratifiant Monsieur Schmitt d'un regard plein de tendresse.

Après tout, c'est lui qui nous a rapprochés. C'est notre Cupidon, pour ainsi dire.

J'ai essayé de le caresser. Le chien, je précise, pas Eberhard. Avec la taille qu'a ce bestiau, pas besoin de se pencher, il suffit de lever un peu la main. Flippi, petite comme elle est, pourrait le regarder droit dans les yeux. Et elle flanquerait la trouille au toutou, je vous le garantis.

Je voulais donc le caresser, mais le monstre s'est mis à grogner. J'ai vite retiré la main en adressant un sourire incertain à mon prince charmant.

– Il t'aime bien.

J'étais un peu étonnée.

–Tu es sûr?

–Certain, a affirmé Monsieur Univers. Tu veux tenir sa laisse?

J'ai saisi courageusement la laisse. Monsieur Schmitt, grand seigneur, a laissé faire.

–Ça te va bien, a commenté Eberhard.

–Le blond platine? ai-je demandé.

Il a secoué la tête.

–Le chien. Très cool, toi et un caniche royal.

Je rayonnais, toute fière.

–Si tu veux, tu peux le tenir en laisse, a-t-il généreusement proposé.

–Tu parles sérieusement? me suis-je écriée, folle de joie.

–Mais oui.

Waouh, j'étais sur un petit nuage! Je me promène avec le type le plus cool de la ville et il m'autorise à tenir en laisse son caniche royal. C'est comme si j'avais tiré le gros lot.

–Tu es dans quel lycée?

–Humboldt.

–Et tu t'appelles comment? ai-je encore demandé.

Il a hésité, puis a grimacé un sourire.

–Eberhard, a-t-il fini par avouer.

Silence. Gloups. Surtout pas de commentaire. «Eberhard»! Le choc! Mais il n'y est pour rien.

–Et tu as quel âge? me suis-je empressée de demander.

Là, au moins, pas de danger de commettre une bourde.

–Seize ans.

–Moi aussi, j'aurai bientôt seize ans, ai-je affirmé.

Ce n'est pas un mensonge: dans trois ans, j'aurai seize ans.

–Tu fais plus jeune, a-t-il constaté.

–Je sais, ai-je soupiré.

Comme une gamine de treize ans, sans doute.

–Qu'est-ce tu fais pendant ton temps libre? ai-je demandé pour détourner la conversation.

Il a haussé les épaules.

–J'ai très peu de temps libre. Toujours quelque chose à faire. Et toi?

J'ai haussé les épaules à mon tour. Si seulement je savais ce qu'il aime... Je suis donc restée prudemment dans le vague.

–La musique? ai-je essayé, pour voir.

–Hmm, a-t-il grommelé.

Apparemment, j'étais à côté de la plaque. Nouvel essai :

–Le sport.

Il a semblé surpris.

–Tu parles sérieusement ?

Vexant, comme réaction. Je n'ai pas l'air d'une sportive, moi ?

–Eh bien, oui, ai-je répondu, l'air pincé.

–Et quoi, comme sport ?

Il me fallait quelque chose de cool, d'exotique. Je me suis creusé la tête.

–Tu ne sais pas quel sport tu pratiques ? s'est-il étonné.

–Bien sûr que si, ai-je répliqué, tout en cherchant fébrilement une réponse. Seulement, je n'aime pas beaucoup en parler.

–Comme tu veux, a-t-il dit, parlons d'autre chose.

C'était bête, car juste à cet instant m'est venue une idée.

–Mais à toi, je peux le dire. Je fais de l'escrime.

–Vraiment ? Comme les mousquetaires ?

–Tout à fait ! ai-je confirmé, très fière. Mais sans le costume, ai-je prudemment ajouté.

–Cool, a-t-il commenté.

Un bon point pour moi.

–Épée ou fleuret?

Flûte, c'est un expert en escrime. Et moi, je n'y connais rien.

–Ça dépend, ai-je bredouillé.

Et j'ai ajouté:

–Monsieur Schmitt est vraiment mignon.

Il a regardé le chien et haussé les épaules.

–Ça va.

Je ne savais plus que dire. J'ai pensé: «À son tour de faire la conversation.»

–C'est sympa de ta part de promener le chien avec moi. C'est pas spécialement marrant de le balader tous les jours, a dit soudain Eberhard.

J'ai rougi jusqu'à la racine de mes cheveux blond platine. «Je trouve sympa de ta part…», ça signifie en clair: «Je te trouve sympa», non? Je n'étais pas préparée à une pareille déclaration. Qu'est-ce qu'on répond dans ces cas-là?

–Je le fais avec plaisir. J'aime me promener, de toute façon, c'est un de mes loisirs préférés. Et avec un chien, c'est encore plus sympa, ai-je dit en virant au rouge tomate.

Parce que ça voulait dire : « Avec toi, c'est encore plus sympa. » Mais je ne pouvais pas le lui déclarer en face.

J'étais tout excitée. C'était l'événement du siècle : je me promenais avec le type le plus cool de la ville dans le parc ! Dommage qu'on n'ait croisé personne de ma classe. Tant pis, j'irai tout raconter à Lucilla. Sous le sceau du secret, naturellement. Comme ça, je peux être sûre que tout le monde sera au courant.

En fait, Lucilla est super sympa. Mais parfois, elle me tape sur les nerfs. « Jojo, ma chérie », minaude-t-elle toujours, « ta vie est tellement passionnante ! Il se passe toujours quelque chose avec toi. »

Elle a raison, bien sûr, mais elle n'imagine pas combien ça m'énerve. Car chaque nouvel épisode dans ma vie se termine en catastrophe. Je me demande quelle fatalité me poursuit, mais j'ai fini par m'y habituer et plus rien ne m'étonne.

Mais cette fois, ça va être génial. Je le sens. Eberhard est le mec idéal (à part son prénom). Et il se promène avec moi.

– Tu t'y connais avec les chiens ? m'a-t-il demandé tout à coup.

–Bien sûr, ai-je affirmé aussitôt.

Qu'est-ce qu'il y a à connaître? Les chiens aboient, mangent et font leurs besoins. Point à la ligne.

–Moi, je n'y connais rien, a-t-il avoué. À part qu'ils aboient, mangent et font leurs besoins.

–Exactement, ai-je approuvé.

Je me suis promis d'acheter un livre sur les chiens, au cas où il y aurait autre chose à savoir. Comme ça, je pourrais lui donner deux, trois conseils pour dresser les chiens. Une bonne idée pour l'impressionner, non?

–Si tu veux, je peux t'apprendre deux, trois trucs sur les chiens, lui ai-je donc proposé.

–Ah, oui, de quel genre?

J'ai vite détourné la conversation:

–Oh, tu sais, c'est assez compliqué... Je t'expliquerai ça demain.

Il faut d'abord que j'achète le bouquin!

–On se revoit demain? a-t-il demandé, tout content.

J'ai piqué un fard, une fois de plus.

–Je me promène tous les jours, de toute façon. Alors, on peut se promener ensemble, si tu veux.

Et avec Monsieur Schmitt. Qu'est-ce que tu veux savoir sur les chiens ?

–Ben, par exemple, comment on leur apprend à venir au pied et à se tenir sur deux pattes.

Je vois, il va falloir que j'apprenne par cœur les chapitres correspondants. Débile, quand j'y pense, j'ai déjà bien assez à potasser pour le collège. Mais bon, il faut ce qu'il faut.

–Pas de problème, ai-je déclaré avec assurance, je t'expliquerai tout ça demain.

–Super ! a-t-il dit.

Puis il a regardé sa montre.

–Il faut que je ramène Monsieur Schmitt. À demain, donc.

–Salut, à demain, ai-je répondu en écho.

Mon cœur battait la chamade. Je n'arrivais pas y croire : déjà mon deuxième rendez-vous avec le mec le plus canon de la ville ! Lucilla n'en reviendra pas.

Vendredi 20 octobre

Lucilla n'en est pas revenue.

–Aussi simple que ça ? Tu le croises en ville et il t'invite à te promener avec lui ?

–Oui, ai-je répondu négligemment, comme si c'était parfaitement banal.

Je n'avais pas mentionné le chien. Je trouvais que l'histoire était bien plus excitante sans chien. Et, bien sûr, je n'avais pas dit un mot du papier WC.

–Et il a seize ans?

Lucilla était abasourdie.

–Tu as toujours une chance incroyable.

–Oh, ai-je modestement répondu, je n'y suis pour rien!

En réalité, au fond de moi, je sais bien que j'y suis pour beaucoup: je me ridiculise totalement, je panique et j'essaye de sauver ce qu'on peut encore sauver. En général, ça ne fait qu'empirer les choses, mais parfois ça marche.

–Le nouveau copain de Jojo a seize ans, a annoncé Lucilla à Carla, qui nous avait rejointes.

J'ai lancé un regard noir à Lucilla. Effrayée, elle a mis la main devant sa bouche.

–Oh, excuse-moi, Jojo! J'ai oublié que je ne devais rien dire. Mais c'est tellement excitant!

Je lui ai généreusement accordé mon pardon. Je sais bien qu'elle n'y voit pas malice.

–Et Carla n'ira pas le répéter, n'est-ce pas, Carla ?

–Bien sûr que non, a juré aussitôt Carla hypocritement.

Lucilla a donc dévoilé à Carla les moindres détails de ma vie amoureuse.

–Ils se rencontrent tous les jours, a-t-elle expliqué. Il est absolument adorable. Le mec le plus craquant de la ville. Et il a seize ans !

–Tu l'as déjà dit ! a fait remarquer Carla.

Ce qui n'a refroidi en rien l'enthousiasme de Lucilla. Elle se pâmait en répétant : « Figure-toi qu'il a seize ans ! Et il est amoureux de notre Jojo ! », comme si cela les valorisait, elle et Carla.

Carla semblait très impressionnée. Mais elle est un peu jalouse par nature et elle cherche toujours le détail qui cloche. Elle a réfléchi quelques secondes et a demandé :

–Il t'a déjà embrassée ?

–Pas encore. On ne s'embrasse pas aussi vite, quand même, l'a corrigée Lucilla.

Puis elle s'est tournée vers moi, retenant son souffle :

–À moins que…

–Non ! l'ai-je coupée.

Lucilla a semblé rassurée. Elle s'est adressée à nouveau à Carla :

– Tu vois ! S'il l'avait embrassée, Jojo me l'aurait dit.

Carla a dû s'avouer vaincue devant cet argument.

J'ai trouvé que Lucilla était bien plus sympa que Carla. Surtout quand cette dernière a demandé, fielleuse :

– Et ce prince charmant, on peut l'admirer où et quand ?

– Il va au lycée Humboldt, ai-je sèchement répondu.

– On peut le voir en dehors des cours. Par exemple, on pourrait croiser dans les parages pendant que vous vous promenez, a proposé Carla.

Les yeux de Lucilla se sont mis à briller.

– Oh oui, s'il te plaît, Jojo ! Je meurs d'envie de le voir.

C'en était trop pour moi.

– Hé, vous ne pouvez pas me lâcher les baskets de temps en temps ?

– Bon, d'accord, a temporisé Lucilla. Mais tu peux nous dire son nom, au moins.

J'ai dû réfléchir. Son nom, ça, c'était embêtant. Je ne pouvais pas dire la vérité. Eberhard, ça ne collait pas pour un type super mignon. Il me fallait un nom vraiment cool. Hmm. Hé, pourquoi pas Sven ? Sven sonne bien. Oui, très bien. C'est un de mes prénoms préférés pour un garçon.

J'ai donc décidé de l'appeler Sven. Le problème est qu'Eberhard ne sait pas qu'il s'appelle Sven, maintenant. Il faut donc que j'empêche les deux poulettes de lui adresser la parole.

D'un autre côté, ça ne me déplairait pas de leur montrer Eberhard. Il est tellement craquant. Elles vont en baver d'envie, à coup sûr.

–Alors, tu te décides ? s'est impatientée Carla.

–Doucement ! ai-je protesté. Une chose après l'autre. Il s'appelle Sven. Et si vous vous promenez, l'air de rien, cet après-midi au parc, vous le verrez. C'est là qu'on se retrouve. Chaque jour.

–On se mettra en embuscade, a gloussé Lucilla.

–Mais soyez sympa : ne lui adressez pas la parole. Vous pouvez le détailler sous toutes les coutures, mais c'est tout, d'accord ?

Pas de réaction.

–D'accord ? ai-je répété.

Carla m'a lancé un regard mauvais.

–Et pourquoi n'a-t-on pas le droit de lui parler ?

Lucilla l'a tirée par le bras.

–Arrête ! C'est déjà bien qu'on puisse le voir.

J'étais infiniment reconnaissante à Lucilla. C'est une vraie copine.

Vendredi 20 octobre, le soir

Lorsque je suis partie rejoindre Eberhard au parc, cet après-midi, j'étais encore plus nerveuse que d'habitude, sachant que Lucilla et Carla seraient dans les parages.

Si seulement j'avais tenu ma langue ! Mais il y a des choses qu'on ne peut pas garder pour soi. Les histoires d'amour, en premier lieu. C'est bien plus amusant d'être amoureuse quand vos copines sont au courant.

De toute façon, il était trop tard pour revenir en arrière.

Eberhard est venu à ma rencontre, tout souriant, et m'a tendu un paquet enveloppé de papier cadeau.

Je suis devenue écarlate.

– Pour moi ?

– Ouvre ! a-t-il ordonné.

Génial, un cadeau ! Il me fait un cadeau ! J'en étais toute retournée. Et bien embarrassée, aussi, car moi je n'avais rien apporté. Il allait falloir que je trouve une bonne excuse ! Tout énervée, j'ai déballé le cadeau.

Devinez ce que c'était !

Des biscuits pour chien. Si, si, je ne mens pas : des biscuits pour chien !

J'ai eu l'air tellement étonnée qu'il s'est cru obligé de m'expliquer :

– Ce sont des biscuits pour chien !

– Merci, ai-je marmonné, je vois bien.

– Alors ? a-t-il demandé.

– Pour être franche, ai-je répondu, ce n'est pas ma friandise préférée.

Il a ouvert de grands yeux. J'ai eu peur de l'avoir vexé et je me demandais si je ne devais pas mordre dedans et faire semblant d'adorer, quand il a dit :

– Mais ce n'est pas pour toi.

Je n'y comprenais plus rien.

– C'est pour Monsieur Schmitt ! a-t-il dit.

–Et je dois les déballer pour lui ? ai-je demandé timidement.

–Ben oui, puisque tu es experte dans l'élevage des chiens. Quand on dresse un chien, on doit le récompenser. Alors je me suis dit que j'allais t'apporter des biscuits pour chien pour que tu puisses apprendre des tours à Monsieur Schmitt.

–Ah, c'est ça..., ai-je dit, un peu déçue.

Qu'est-ce que j'attendais, au juste ? Pourquoi m'aurait-il fait un cadeau ?

Comme je prenais la direction du parc, il a proposé :

–Viens, on va couper à travers champ. Comme ça, on pourra détacher Monsieur Schmitt et le laisser courir, d'accord ?

–D'accord, ai-je répondu.

Ça m'était bien égal. Le principal était qu'Eberhard soit à mes côtés.

Il est tellement mignon ! J'ai l'impression qu'il s'intéresse vraiment à moi. Pas seulement parce qu'il passe son temps libre avec moi, mais parce que (eh oui !) il m'a demandé, tout à trac, si j'avais un petit ami !

Si ce n'est pas une déclaration !

–Non, me suis-je empressée de répondre, pour dissiper ses appréhensions.

Ça tombe bien que je ne sois plus avec Nils. Il est très sympa, rien à dire, plutôt mignon physiquement, mais… je ne sais pas. Avec lui, ce n'était pas le grand frisson. Expression idiote, d'ailleurs. Le jour où j'aurai le grand frisson, je prendrai une aspirine et je me mettrai au lit. Passons…

Quoi qu'il en soit, avec Nils, ce n'était pas ça. Il manquait quelque chose. Je n'étais pas assez amoureuse de lui, sans doute. C'est très compliqué, l'amour, je trouve. Quand on tombe amoureuse, il faut que ce soit un coup de foudre, selon moi. On aperçoit un garçon et, bing ! on se sent transportée. Le mec doit être renversant, quoi, comme Eberhard.

Lui, il est franchement renversant. La preuve : je me suis étalée à ses pieds dès que je l'ai vu. C'est un signe qui ne trompe pas, non ?

Mais si tomber amoureuse, ce n'est pas de la tarte, c'est encore plus difficile de rompre ! En tout cas, pour moi, ça a été la croix et la bannière pour faire comprendre à Nils que c'était fini entre nous.

Tout d'abord, j'ai essayé de me défiler. Je me suis dit : « Quand Nils verra que je l'évite, il finira par piger. »

Ça n'a pas marché. Au début, oui, mais il m'a coincée dans un couloir et m'a demandé ce qui se passait.

–Rien, ai-je répondu.

–Ah, bon, j'avais l'impression que tu m'évitais !

–Moi ? Jamais de la vie !

Ce n'était pas très malin ! Qu'est-ce qui m'a pris de dire ça ? Nils avait parfaitement raison ! Mais c'était trop tard. Tout joyeux, il a proposé :

–Bon, eh bien, si on allait au cinéma tous les deux ?

Super, comme méthode pour rompre. Surtout quand on va au cinéma pour s'embrasser. Et embrasser quelqu'un n'est pas le plus sûr moyen de rompre avec lui.

Alors je me suis dit : « Tout ce qu'il me reste à faire, c'est empêcher que Nils m'embrasse. » Comme je suis très futée, j'ai trouvé un moyen : je n'ai pas arrêté de m'empiffrer de chips et de pop-corn. Avec la bouche pleine, impossible d'embrasser.

Ça a très bien fonctionné. Le problème, c'est qu'ensuite, j'avais mal au cœur.

–Pas étonnant, avec tout ce que tu as mangé, a commenté Nils quand je me suis plainte.

Je lui ai dit que je voulais rentrer chez moi. Il m'a raccompagnée et a pris congé en disant :

–Salut, à demain !

Ce qui ne m'avançait guère.

J'ai continué ce petit jeu pendant quelques jours, en me comportant de manière particulièrement débile. Si débile que Nils a fini par demander :

–Écoute, si tu n'as plus envie de me voir, dis-le-moi franchement !

C'était le moment ou jamais. Et qu'ai-je répondu ?

–Mais non, tu te trompes, je te jure !

La reine des idiotes !

Sur quoi, Nils a déclaré :

–Eh bien, moi, pour être franc, je commence à en avoir assez. Ce n'est plus possible avec toi.

J'ai ouvert de grands yeux.

–Qu'est-ce que tu veux dire ?

Nils a pris une grande respiration. Puis il a proposé :

–Je pense qu'il vaut mieux qu'on ne sorte plus ensemble.

Alors, là, j'en étais baba. Ah, monsieur croyait qu'il allait s'en sortir comme ça ! Pour tout dire, j'étais scandalisée.

D'un ton très acide, j'ai demandé :

–Tu veux rompre, c'est ça ?

Nils était plutôt embarrassé. Il a marmonné :

–Ben... je trouve que tu n'es franchement pas sympa avec moi.

–Et à cause de ça, tu ne veux plus me voir ? Très bien.

J'ai tourné les talons et je suis partie.

Ciao, bello !

Quelques jours plus tard, je suis allée m'excuser. Je lui ai dit qu'il avait raison, que je n'étais plus fâchée, etc.

Et nous revoilà au point de départ. Enfin, pas tout à fait. Je ne me sens pas complètement à l'aise dans mes baskets, alors je m'arrange pour ne pas croiser Nils.

Mais ça a été un choc pour moi de constater que rompre, c'est tout un art. Et apparemment, je ne suis pas très douée. Pas plus que pour tomber amoureuse.

Avec Eberhard, je ne romprai jamais. Il est trop craquant.

Je l'ai impressionné avec mes connaissances sur l'art et la manière de dresser un chien. Je n'ai pas étudié mon bouquin sur les chiens pour des prunes.

J'ai donné des ordres à Monsieur Schmitt :

–Ici, Monsieur Schmitt ! Au pied ! Assis !

Mais Monsieur Schmitt n'a pas réagi. Il se fichait de mes ordres comme de son premier nonos. Même quand j'ai agité à bout de bras des biscuits pour chien. Il doit avoir des problèmes de vue. Il courait de tous côtés en aboyant. Heureusement qu'il n'y avait personne dans les parages, car il avait l'air plutôt idiot.

J'ai appelé à nouveau :

–Ici, Monsieur Schmitt ! Au pied !

Je commençais sérieusement à me demander s'il n'était pas sourd, quand Eberhard a sifflé entre ses doigts. Monsieur Schmitt est aussitôt revenu vers nous en courant.

Je lui ai vite donné un biscuit et j'ai expliqué à Eberhard :

–Tu vois, c'est très simple. Quand ils obéissent, il faut les récompenser. Ils s'en souviennent, et la fois suivante, ils recommencent. Mais on doit toujours donner les mêmes ordres. Apparemment, il a réagi quand j'ai dit : « Au pied ! » Il faut qu'on le note.

J'ai complimenté le chien (« Brave toutou, Monsieur Schmitt ») en faisant comme s'il avait vraiment obéi à mes hurlements.

Eberhard a souri. Il a dit :

– Tu es vraiment mignonne.

Je suis tombée dans les pommes. Enfin, presque. Je suis tombée « intérieurement » dans les pommes, parce que c'était une déclaration d'amour sans équivoque, non ?

– Toi aussi, ai-je répondu.

Quelle idiote ! Je me serais giflée ! « Toi aussi... » ! Je suis carrément débile ! Les garçons ne sont pas mignons. C'est-à-dire : bien sûr, ils sont mignons, mais c'est quelque chose qu'on ne doit surtout pas leur dire.

– Euh, tu es... tu es très...

J'allais dire « cool », mais je trouvais que ça ne sonnait pas bien. Je me suis donc rabattue sur « sympa ». Pour aussitôt m'énerver contre moi-même : « sympa », c'est carrément banal. Et j'ai commencé à en avoir marre d'être amoureuse.

Car, chaque fois que je suis amoureuse, je ne raconte que des âneries.

–Tu seras là, demain?

J'ai hoché la tête en signe d'acquiescement, sans desserrer les lèvres, de peur de lâcher une nouvelle bêtise.

–Super, alors, à demain, mon ange.

Il a dit «mon ange»! Soupir…

En rentrant chez moi, je me suis brusquement rappelé Lucilla et Carla qui faisaient le pied de grue au parc. Mince, c'est trop bête. Elles doivent être furieuses. Oh, pourquoi je me tracasse? Que m'importent Carla et Lucilla, puisque j'ai Eberhard et Monsieur Schmitt. Monsieur Schmitt? Qu'est-ce que je raconte? Je veux dire: puisque j'ai Eberhard!

Quel après-midi de rêve!

Lorsque je suis rentrée, ma mère a poussé les hauts cris.

–Mais tu es trempée! Tu ne t'es pas aperçue qu'il pleuvait?

–Pleuvait? ai-je répété, encore perdue dans mes pensées amoureuses. Non.

–Jojo, ma chérie, dois-je me faire du souci pour toi ? a-t-elle demandé, inquiète.

–Pour moi ?

–Oui, pour toi !

Je l'ai enlacée, trempée comme j'étais, en m'exclamant :

–Je vais merveilleusement bien !

Et j'ai disparu dans ma chambre.

–Qu'est-ce que tu veux manger ? a hurlé ma mère à travers la porte.

–Je n'ai pas faim ! ai-je braillé en réponse.

J'ai entendu ma mère soupirer et marmonner :

–Ça recommence, Jojo traverse une nouvelle crise.

Samedi 21 octobre

–Hier, j'ai vu Jojo avec un dromadaire dans les champs, a claironné Flippi ce matin, au petit déjeuner.

Ma mère s'est tournée vers moi.

–C'est vrai, Jojo ?

–Elle délire ! C'est complètement faux ! ai-je protesté, furieuse.

–Tu es sûre que c'était un dromadaire ? a demandé ma mère à Flippi.

Non, mais je rêve! Je lui dis que c'est faux, mais, bien sûr, elle n'écoute que sa chouchoute.

–Oui, oui, a assuré Flippi. Une bosse sur le dos, et une sur la tête. Ils ont refilé à Jojo un dromadaire handicapé.

Cette famille me rend folle!

–C'était un caniche royal!

–Tu es sûre que tu ne confonds pas avec les manchots empereurs? a demandé ma mère.

J'ai levé les yeux au ciel.

–Vous me tapez sur les nerfs, toutes les deux!

–Écoute, Josefine, je vais finir par m'inquiéter sérieusement. C'est quoi, cette histoire? Explique-moi.

–Demande à Flippi! Puisque mademoiselle en sait toujours plus que les autres! ai-je rétorqué.

Et je me suis enfermée dans un silence boudeur.

Ma mère s'est tournée vers Flippi. Laquelle s'est mise à ricaner.

–D'après moi, c'est à cause de sa teinture blond platine. Elle a dû s'infiltrer dans le cerveau de Jojo et détruire les cellules. Enfin, les quelques cellules qui fonctionnaient encore.

–Flippi! l'a réprimandée ma mère.

Elle s'est adressée à moi, d'une voix préoccupée :

– Tu es sûre que tout va bien, ma chérie ?

« Ma chérie » ! Elle est incurable !

Je lui ai accordé une dernière chance.

– J'ai promené avec un copain le caniche de sa grand-mère.

– Ah, un chien ! s'est exclamée ma mère, soulagée. Pourquoi as-tu dit que c'était un manchot ?

J'étais au bord du désespoir.

– Je n'ai jamais dit que c'était un manchot. C'est toi qui as parlé de manchot empereur. Mais c'était un caniche empereur. Un chien.

– Tu veux dire un caniche royal, a corrigé ma mère.

– C'est ça ! ai-je confirmé, espérant que ça mettrait un point final à la conversation.

– Il a sûrement un dromadaire parmi ses ancêtres, est intervenue Flippi.

– C'est très impoli de ta part, Filipine ! l'a réprimandée ma mère. Si c'est un ami de Jojo, il est sûrement très sympathique.

– Je parle du chien ! a expliqué Flippi. Mais, au fond, tu as raison, maman. Le copain de Jojo est bizarre. Un type qui élève un dromadaire handicapé en disant que c'est un caniche royal, franchement, c'est louche.

Flippi était lancée. Il fallait que je détourne très vite la conversation, sinon elle en avait pour un moment.

–Au fait, maman, tu en es où avec les costumes pour *Les Noces de Figaro* ?

–Terminé ! s'est écriée ma mère, toute fière.

Ça marche toujours. Ma mère adore quand on s'intéresse à son travail.

J'ai soupiré intérieurement : pour cette fois, je m'en étais bien tirée.

Lundi 23 octobre

Lucilla et Carla étaient furieuses, ce matin, au collège.

–On a fait le pied de grue dans le parc tout l'après-midi, vendredi ! Et on n'a pas vu le bout du nez du petit copain de Mademoiselle Jojo ! a râlé Carla.

Et Lucilla, ma meilleure amie pourtant, avait l'air très contrarié.

–Franchement, Jojo, a-t-elle dit d'un air pincé, ce n'était pas bien.

–Que voulez-vous que j'y fasse ? C'est Sven qui a insisté pour qu'on se promène dans les champs. À cause de Monsieur Schmitt.

–Monsieur Schmitt ?

Mince. J'avais complètement oublié que je n'avais pas soufflé mot du cabot.

–Qui est Monsieur Schmitt ?

Impossible de répondre « un chien ». Non, c'était trop bête.

–Son prof de maths.

–Hein ?

–Oui, son prof de maths fait du jogging dans le parc, et Sven ne voulait pas le croiser.

–Tu vois, a dit Lucilla en se tournant, triomphante, vers Clara. Je t'avais bien dit qu'il y avait une raison.

–Pfft ! a sifflé Carla avec mépris.

–Vous n'avez qu'à venir cet après-midi au parc. Nous y serons certainement, ai-je proposé pour apaiser Carla.

Je me suis aussitôt énervée contre moi-même. Pourquoi je me donne tant de mal pour plaire aux poulettes ?

Bon, ça ne peut pas faire de mal si elles voient Eberhard. Elles me ficheront la paix, je pense, et je serai tranquille pour un moment.

Lundi 23 octobre, le soir

Eberhard a été trop chou cet après-midi! Il est arrivé avec un paquet qu'il m'a donné aussitôt.

–Des biscuits pour chien?

Il a secoué la tête.

–Ouvre!

J'ai déballé le paquet et j'ai découvert un cœur en nougat.

–Du nougat? ai-je demandé prudemment.

Eberhard a eu un grand sourire.

–C'est pour toi! L'autre jour, tu étais déçue à cause des biscuits pour chien, pas vrai?

–Non, non, pas du tout, ai-je menti.

J'ai mordu aussitôt dans le nougat.

–Hmm, super bon, merci.

–Il n'y a pas de quoi, a-t-il dit en riant.

–Tu veux goûter? ai-je proposé.

Mais que faisaient Lucilla et Carla? C'était le moment idéal. C'est maintenant qu'elles devraient me voir. Nous voir. Eberhard était vraiment craquant. Encore plus que d'habitude. Et il a mordu dans mon nougat. Si ce n'est pas de l'amour !

J'étais sur un petit nuage.

Mais Eberhard avait l'air préoccupé. Pour le dérider, j'ai dit :

– C'est super gentil de ta part de promener le chien de ta grand-mère ! Tu veux que je prenne la laisse de Monsieur Schmitt ?

Il a acquiescé. Mais il a gardé son air soucieux.

– Qu'est-ce qu'il y a ? ai-je demandé.

– Oh... a-t-il soupiré, j'ai très mauvaise conscience.

– Pourquoi ? Ça me fait plaisir de tenir Monsieur Schmitt en laisse.

– Non, ce n'est pas ça. C'est à cause de ma grand-mère. Elle est toute contente que je promène son chien. Et j'aimerais bien continuer, si je pouvais. Mais il y a cette histoire de soutien scolaire à l'école primaire.

– Du soutien scolaire ?

– Oui, je me suis porté volontaire pour aider les enfants à faire leurs devoirs. Il faut être solidaire, c'est important, je trouve.

J'en étais comme deux ronds de flan ! Il est mignon, charmant, et en plus c'est un type bien. Presque trop beau pour être vrai.

– C'est super sympa de ta part. Sincèrement.

Il a hoché la tête. Puis il a poussé un grand soupir préoccupé.

– Qu'est-ce que tu as ? ai-je demandé.

Il m'a lancé un regard légèrement irrité.

– Mais je te l'ai dit : ma grand-mère et Monsieur Schmitt.

– Il y a un problème avec eux ?

Il commençait à perdre patience.

– Je ne peux plus promener tous les jours le chien de ma grand-mère si je fais du soutien scolaire !

Ah oui, bien sûr ! J'avais le cerveau en panne, ou bien j'étais trop amoureuse pour me concentrer sur ce qu'il disait. J'ai réfléchi intensément. Il fallait absolument que je l'impressionne, en proposant une solution géniale.

J'y suis allée prudemment pour commencer.

– Je peux peut-être t'aider ? ai-je dit.

Il a eu un grand sourire charmant, passionné, amoureux.

– Tu ferais ça pour moi ?

J'étais un peu déconcertée par sa réaction enthousiaste. J'avais juste dit que je voulais bien l'aider.

– C'est trop sympa. Dès que je t'ai vue, la première fois, j'ai compris que tu étais une fille super. Tu es… un… un…

– Un ange, l'ai-je aidé.

Bizarre qu'il l'oublie toujours.

– Tu as dit que je ressemblais à un ange, ai-je précisé, d'un ton légèrement agacé.

– C'est ça, a-t-il approuvé, un ange. Mille mercis, tu es adorable. Mais si tu me rends ce service, tu dois m'autoriser à t'inviter un jour au cinéma ou à la pizzéria.

Je suis devenue rouge pivoine. J'ai haussé les épaules, embarrassée.

– Si tu veux. Je n'ai rien contre.

Ça ne correspondait évidemment pas à mes sentiments réels. Mais je trouvais plus cool de réagir assez froidement plutôt que de lui sauter au cou et de m'extasier : « Génial ! Super ! Merci beaucoup ! »

Il est passé tout de suite aux choses sérieuses.

– Parfait. Et si on commençait dès aujourd'hui ?

– Commencer quoi ?

–Ben, que tu promènes seule Monsieur Schmitt.

–Je dois promener seule Monsieur Schmitt? ai-je demandé.

Je n'y comprenais plus rien.

–Mais c'est toi-même qui l'as proposé! a-t-il répliqué, assez sèchement.

Pardon? J'ai dit ça, moi? Je voulais aller au cinéma ou à la pizzéria avec Eberhard, pas promener son horrible cabot!

Il m'a regardée en ouvrant de grands yeux. Son visage exprimait une déception incommensurable.

–C'est donc ça, a-t-il dit, dépité, tu ne veux pas m'aider.

–Mais si! me suis-je écriée, dis-moi seulement ce que je dois faire!

Il a retrouvé son sourire.

–Comme je ne peux pas en même temps promener le chien et faire du soutien scolaire, tu dois t'occuper du chien à ma place, m'a-t-il expliqué très patiemment, de la façon dont on s'adresse à quelqu'un qui a un pois chiche à la place du cerveau.

Je me suis trouvée bête tout à coup. C'est donc de cela qu'il parlait depuis une heure!

–Ah oui, je vois… ai-je bredouillé.

J'ai hésité un instant, puis j'ai pris mon courage à deux mains pour demander :

–Euh… ne te fâche pas… mais pourquoi dois-je commencer dès maintenant ? Tu fais déjà du soutien scolaire aujourd'hui ?

Il a semblé décontenancé. Il s'est ressaisi pour dire :

–Non, c'est seulement à partir de demain. Mais il faudrait qu'on fasse un essai pour voir si tu t'en sors toute seule avec Monsieur Schmitt.

–Ah, bon, ai-je dit, je comprends.

–Donc, tu promènes Monsieur Schmitt pendant une heure dans le parc, et on se retrouve ici.

Je l'ai regardée d'un air ahuri.

–Tu ne veux pas ? a-t-il demandé, dépité.

–Mais si, bien sûr, avec plaisir, me suis-je hâtée de répondre.

Je ne peux pas résister quand il me regarde avec ces yeux-là.

Je me suis donc retrouvée à promener Monsieur Schmitt. Toute seule. J'étais un peu contrariée au début, mais plus j'y pensais, plus je trouvais ça bien. De la part d'Eberhard, c'était une vraie marque de confiance. La preuve qu'il m'apprécie beaucoup. Oui, l'amour d'un garçon passe parfois par l'amour d'un chien. Ou quelque chose dans le genre.

Ce qui était nul, en revanche, c'est que j'ai fini par rencontrer Carla et Lucilla. Les deux poulettes ont attendu pour se manifester qu'Eberhard soit déjà loin et que je me retrouve seule avec le monstre.

Quand je les ai aperçues, j'ai fait aussitôt demi-tour, mais il était déjà trop tard. Elles m'ont couru après.

–Hé, attends-nous ! a crié Lucilla.

Je n'ai pas eu le choix : je me suis retournée et j'ai mimé la surprise :

–Ah, c'est vous ? Qu'est-ce que vous faites là ?

–Tu ne nous as pas vues ? a demandé Carla, méfiante.

–Non, pas du tout.

–Qu'est-ce que c'est que ce chien ?

–Quel chien ? ai-je fait en jouant l'idiote.

–Celui que tu tiens en laisse, a précisé Lucilla.

–Ah, lui... C'est...

Je ne pouvais pas répondre « Monsieur Schmitt », puisque c'était sensé être le nom du professeur d'Eberhard.

–… c'est le chien de ma voisine. Elle est malade, alors j'ai sorti son toutou. Pour rendre service, quoi.

–Tu n'avais pas rendez-vous avec Sven? a insisté Lucilla.

Je suis restée muette quelques secondes, le temps d'inventer une histoire présentable. Carla, cette pimbêche, en a profité pour mettre son grain de sel. Montrant du doigt le chien, elle s'est exclamée:

–Mais le voilà, le beau Sven!

Et elle s'est tordue de rire. Puis elle s'est penchée vers Monsieur Schmitt et s'est mise à lui parler comme à un bébé:

–Bonjour, mon petit Sven. Tu as seize ans, il paraît. Comme tu es mignon, mon petit chou. Pas étonnant que Jojo soit folle amoureuse de toi.

Lucilla a éclaté de rire à son tour, et les deux idiotes se sont tenu les côtes en se fichant de ma poire. J'étais morte de honte. J'ai fusillé Lucilla du regard. Elle a cessé aussitôt de rire.

–Je suis désolée, Jojo, mais c'est trop drôle…

Et le fou rire l'a reprise.

J'ai tourné les talons, furieuse, et je suis rentrée à la maison. La déconfiture totale!

Mardi 24 octobre

Ce matin, au collège, Lucilla s'est précipitée à ma rencontre.

–Tu m'en veux encore ? a-t-elle demandé.

–Non, ai-je grommelé.

–Je n'ai pas douté un seul instant que ton Sven existe. Je te jure. Mais Carla était trop drôle quand elle a parlé au chien ! C'est ça qui m'a fait rire.

Je lui ai généreusement accordé mon pardon. Elle en a aussitôt profité pour demander :

–Je pourrai le voir aujourd'hui ?

J'ai réfléchi. C'était difficile de déterminer le bon moment pour une rencontre. Eberhard voulait juste me remettre Monsieur Schmitt et le reprendre une heure plus tard. Ce serait nul si elle me voyait encore avec le chien et sans Eberhard.

–Je viens seule, si tu préfères, a proposé Lucilla.

–Je ne sais pas si j'aurai le temps aujourd'hui, ai-je répondu, prudente.

Lucilla s'est tout de suite inquiétée :

–Ça va, Sven et toi ?

–Mais très bien ! ai-je rétorqué.

De quoi elle se mêle ?

–Le mieux est que je t'appelle et je te dirai quand je le rencontre, d'accord ? ai-je proposé.

–Ouaf, ouaf! a fait une voix derrière moi.

Carla. Très fin.

J'ai laissé les deux bécasses en plan et j'ai décampé.

L'après-midi, au parc, j'étais complètement névrosée, imaginant derrière chaque arbre Carla et Lucilla en train d'espionner. J'étais à cran et d'une humeur massacrante. Sans Eberhard, la promenade dans le parc était absolument sinistre. Pour me consoler, j'ai essayé de ne plus penser qu'au moment où je reverrais Eberhard pour lui remettre Monsieur Schmitt.

Mais il n'est passé qu'en courant, parce que c'était l'heure du repas du soir de Monsieur Schmitt. Idiot de chien.

Au moins, je l'ai vu. Un jour ou l'autre, il aura plus de temps à me consacrer. Il faut que je sois patiente. Un type comme Eberhard en vaut la peine.

Évidemment, ma mère n'a pas pu s'empêcher de se mêler de ce qui ne la regarde pas.

–Si tu le fais de ton plein gré, d'accord. Mais ne te laisse pas exploiter par ce jeune homme.

Exploiter ! Pfft ! Jamais il ne ferait une chose pareille. De toute façon, c'est moi qui ai eu l'idée.

Enfin, je crois.

Je n'aurais rien dû raconter à ma mère. Mais c'est toujours pareil : je suis incapable de tenir ma langue.

Mercredi 25 octobre

Flippi me casse les pieds. Rien d'étonnant de la part de quelqu'un qui élève des limaces. Pour de vrai ! Une petite sœur normale collectionnerait des poupées Barbie ou des timbres. Elle, elle élève des limaces ! Beurk !

En passant près de moi, ce matin, elle s'est mise à renifler :

–Hé, tu sens encore le chien !

–Et toi, les limaces, ai-je rétorqué.

–Le chien, c'est pire !

–Occupe-toi de tes oignons, ai-je grondé, exaspérée.

–Tu aurais pu au moins choisir quelqu'un qui a un chien d'allure normale.

–Fiche-moi la paix, patate !

Flippi a haussé les épaules.

–De toute façon, ça ne va pas durer longtemps, cette histoire.

–Ah, qu'est-ce que tu en sais ?

–Tu paries ?

–Parier quoi ?

–Que cette histoire va bientôt se terminer ?

–Non !

–Si !

La moutarde m'est montée au nez. J'ai crié :

–Lâche-moi les baskets !

Flippi a ricané.

–Pour rejoindre ton amoureux, le trajet va être assez long, je crains.

–Quoi ?

Flippi se marrait franchement.

–Ça m'étonnerait qu'il te paye l'avion pour que tu promènes son chien !

–Qu'est-ce que tu racontes ?

Flippi a fait l'étonnée.

–Ne me dis pas que tu n'es pas au courant.

–De quoi ?

Flippi n'en revenait pas.

–Tu ne sais rien, apparemment. Alors oublie ce que j'ai dit.

Je l'ai agrippée par le col et j'ai hurlé :

–Dis-moi tout de suite ce qui se passe !

Flippi a fait semblant d'être terrorisée.

–Apparemment, maman a oublié de te le dire, mais nous déménageons.

–Quoi ?

Je n'ai jamais déménagé de ma vie, et ce n'est pas maintenant que je vais commencer. Juste au moment où ma vie amoureuse est au top niveau et où tout marche comme sur des roulettes.

–Et on déménage où ?

Flippi s'est mise à ricaner.

–Très loin. Il va falloir que tu dises adieu à ton chien dromadaire.

–Où ? ai-je crié.

–À Londres.

–Londres ? En Angleterre ?

–Ça s'y trouvait en tout cas la dernière fois que j'ai consulté mon atlas, a répondu Flippi, cette petite peste.

–On déménage en Angleterre ? Et pourquoi je ne suis pas au courant ?

–Peut-être parce que tu n'as que ce cabot en tête, euh, je veux dire, ce type…

–Mamaaaaaaan !

J'ai laissé Flippi en plan et je me suis précipitée dans l'atelier de couture de ma mère.

Elle travaillait à un costume pour le théâtre et avait la bouche pleine d'épingles.

–Pourquoi on ne me dit jamais rien? ai-je braillé.

Ma mère a sursauté, effrayée, et a recraché les épingles.

–Jojo! Tu m'as fait une de ces peurs! J'ai failli avaler une épingle.

Elle s'est mise à compter les épingles qu'elle avait recrachées.

–Si ça se trouve, j'en ai avalé une!

Ma mère me rendra folle. J'ai senti les larmes monter.

–Pourquoi on déménage à Londres? ai-je sangloté.

–Ah, rien n'est encore décidé! J'ai reçu une proposition. Le metteur en scène de la troupe londonienne qui a donné ici une série de représentations m'a demandé si j'aurais envie de travailler pour lui.

–Ils n'ont personne pour faire leurs costumes, à Londres? Et pourquoi toi?

Ma mère s'est offusquée.

–Enfin, Jojo, tu pourrais te réjouir avec moi. C'est une proposition très flatteuse pour moi !

J'ai haussé les épaules. Elle a soupiré :

–Mais tu ne t'intéresses qu'à ta petite personne. Tu ne vois rien de ce qui se passe autour de toi.

–C'est parfaitement normal pour une ado, lui ai-je expliqué.

Entre-temps, j'ai étudié, moi aussi, les traités d'éducation que lit ma mère.

–Peu importe. En tout cas, ce metteur en scène est tellement enthousiasmé par mes costumes qu'il m'a proposé de travailler pour lui.

–Pourquoi ne m'as-tu rien dit ? ai-je protesté.

–J'en ai parlé il y a deux jours pendant le dîner. De toute façon, rien n'est décidé. Pour l'instant, ce n'est qu'une possibilité. Il faut y réfléchir sérieusement.

–Il n'y a rien à réfléchir. Nous refusons sa proposition. Préviens-le, sinon ma vie est fichue, ai-je ordonné.

Sur ce, j'ai quitté la pièce.

–C'est aussi ma vie ! a crié ma mère dans mon dos.

C'est incroyable ! Comment peut-elle être aussi égoïste ! Une femme qui prétend tout sacrifier au bien-être de ses enfants ! Au point de nous donner mauvaise conscience, parce qu'elle ne pense jamais à elle ! Et maintenant, à son âge, elle veut tout à coup faire ce qui lui chante ! Elle ne peut quand même pas changer les règles du jour au lendemain !

Il faut que Flippi et moi, nous réagissions énergiquement. Oui, Flippi et moi. Quand le danger menace, nous nous serrons les coudes.

Jeudi 26 octobre

Rien à faire, Flippi veut déménager à Londres. Elle pense qu'en Angleterre, le climat est idéal pour les limaces. Nous allons donc combattre dans des camps opposés. Bien que Flippi soit, elle aussi, très choquée que notre mère veuille brusquement vivre sa vie.

– Qui lui a mis cette lubie dans le crâne ? s'est-elle indignée.

Ça ne m'est pas d'un grand secours. En plus, il faut que je file. Mon rendez-vous avec Eberhard. Il m'a promis d'arriver plus tôt aujourd'hui. Ah, il est siiiiiii mignon ! Et complètement surmené. Le pauvre. Je suis vraiment contente de pouvoir l'aider, en m'occupant de Monsieur Schmitt. Je ferais tout pour lui !

Et il m'est tellement reconnaissant. Il dit toujours : « Tu es vraiment adorable. Je ne sais pas ce que je ferais sans toi. Tu es mon ange ! »

Quand il m'appelle « mon ange », je fonds. Mais j'aimerais bien pouvoir lui dire mon nom. C'est vrai, il ne sait même pas comment je m'appelle. C'est embêtant, je trouve.

Il ne me l'a jamais demandé. Et je ne lui ai rien dit. Et maintenant alors que nous nous connaissons depuis un moment, ça fait un peu idiot de lui dire tout à trac : « Au fait, je m'appelle Jojo. » Plutôt gênant.

Il m'appelle tout simplement « mon ange ». Ce qui, bien sûr, est beaucoup mieux. C'est le langage des amoureux. Il faut pourtant que je trouve un moyen de lui souffler très discrètement mon vrai nom.

Enfin, peu importe, il est vraiment un prince de conte de fées. Je l'ai bien mérité aussi, après le chaos qui a régné jusqu'à présent dans ma vie sentimentale ! J'ai enfin tiré le bon numéro !

L'idée de déménager à Londres est tout bonnement insupportable. Je ne pense pas seulement à moi. Pour Eberhard, ce serait encore pire. Il en aurait le cœur brisé, je suis sûre. Je ferais mieux de ne rien dire, tant que la décision n'est pas prise.

Jeudi 26 octobre, le soir

Il n'avait pas de temps à me consacrer. Il est arrivé en retard, parce qu'il a dû aider sa mère à faire la vaisselle. Je devrais être en colère, en fait. Mais s'il a si peu de temps, c'est parce qu'il est trop gentil, toujours à aider quelqu'un. Et je trouve ça formidable.

Je lui ai donc pardonné. Pour se racheter, il a promis de m'emmener au cinéma, un de ces soirs. Ce n'est pas trop tôt : je me donne assez de mal avec son chien, j'ai bien mérité une récompense.

Je promenais tranquillement Monsieur Schmitt dans le parc, ne pensant à rien de particulier, et tout à coup, le choc !

J'avais gardé tout le temps les yeux fixés au sol sans remarquer que quelqu'un venait à ma rencontre. Quand j'ai relevé les yeux, j'ai eu le souffle coupé : je me retrouvais face à moi-même ! C'était exactement comme si je me regardais dans un miroir. Ma taille, ma silhouette et... mes cheveux, blond platine.

Nous sommes restées toutes deux éberluées, puis nous avons éclaté de rire!

–Superbe, ta teinture, a commenté la fille en désignant mes cheveux.

–Je te retourne le compliment, ai-je répondu.

–Ton chien ressemble à un...

Elle cherchait ses mots.

–... à un champion de body-building permanenté, l'ai-je aidée.

Elle s'est tordue de rire.

–Je m'appelle Annette, et toi?

–Jojo.

–Salut, Jojo.

–Salut, Annette.

Elle tenait un chien en laisse, elle aussi, et nous avons promené nos cabots toutes les deux en bavardant de tout et de rien.

Elle est super sympa. Elle promène le chien de son copain. Un vieux bouledogue brun qui n'arrête pas de baver. Je parle du chien, pas de son copain. Hou, franchement pas ragoûtant, le monstre! J'ai encore de la chance avec Monsieur

Schmitt. Monsieur Schmitt et moi, on fait nettement meilleure figure.

Mais Annette est très sympa. Pour le chien, elle n'y peut rien.

Quelle coïncidence, quand même : elle aussi promène le chien de son copain. Exactement comme moi. On a trouvé cela très drôle.

Son copain s'appelle Edgar. Un chouïa moins moche qu'Eberhard. Je lui ai parlé d'Eberhard, mais en l'appelant « Sven ». Elle buvait mes paroles. Je crois qu'elle est un peu jalouse, parce que mon copain s'appelle Sven.

Son chien s'appelle Mops. Incroyable, non ? Mops ! Quel nom idiot.

En tout cas, j'ai passé un super après-midi avec Annette. Pour être franche, c'est mortellement ennuyeux de se promener seule en tenant un chien en laisse. Qu'il pleuve ou qu'il vente. Alors, Annette et moi, nous avons décidé de nous retrouver chaque jour tous les quatre. Je veux dire : avec Edgar et Eberhard. Pas avec Monsieur Schmitt et Mops. Eux deux, on les a toujours dans les pattes, de toute façon.

Malheureusement, Edgar a très peu de temps libre. Comme Eberhard. Les garçons sont tous pareils !

Annette a dû partir plus tôt. Je suis encore restée un moment à me promener. Monsieur Schmitt tirait furieusement sur sa laisse. Brusquement, il a aperçu un lapin et a démarré en trombe. Avec la laisse.

J'étais paniquée, car en quelques secondes le chien avait disparu de ma vue. J'ai fouillé chaque buisson, chaque arbuste. En vain : aucune trace de Monsieur Schmitt.

Soudain, j'ai aperçu un buisson agité de mouvements frénétiques et lançant des aboiements furieux. Sous le buisson perçait quelque chose de noir et de laineux. Pas de doute possible : c'était Monsieur Schmitt. Je devais être vraiment désespérée, car, d'un bond, je me suis jetée sur le buisson, j'ai agrippé ce qui se présentait et j'ai tiré de toutes mes forces.

–Sale bête, ai-je crié, sors de là !

–Ça te dérangerait de me lâcher ? a poliment demandé un garçon, dont je tenais ferme le pull-over noir.

De confusion, je suis restée bouche bée, incapable de dire quoi que ce soit.

–Je viens d'attraper un chien, a poursuivi le garçon en tirant sur une laisse.

Monsieur Schmitt est sorti à contrecœur de dessous le buisson. Sa partie de chasse était prématurément interrompue. Le type a regardé en souriant son bras que je tenais toujours agrippé. J'ai suivi son regard et je l'ai lâché aussitôt.

–Désolée, je croyais… je ne savais pas…, ai-je bredouillé.

–C'est ton chien ? a-t-il demandé.

J'ai secoué la tête.

–Non, non… Je le promène seulement. Il appartient à… à une vieille dame.

–Un sacré morceau ! a-t-il commenté en me rendant la laisse.

Je me suis emparée de la laisse et je me suis éloignée en tirant Monsieur Schmitt. Quelques pas plus loin, je me suis retournée brusquement. J'ai failli buter contre le garçon. Il m'avait suivie et il était sur mes talons quand je me suis retournée.

Nous avons éclaté de rire.

–J'ai oublié de te remercier. C'était très sympa de ta part de rattraper Monsieur Schmitt, ai-je dit.

–Monsieur Schmitt ?

J'ai désigné de la tête le chien.

–Monsieur Schmitt ! s'est-il esclaffé. Après tout, pourquoi pas ?

Ensuite, il a regardé la pointe de ses pieds, comme s'il cherchait à se donner du courage, et il a dit en souriant :

–Je voulais t'inviter à manger une glace.

–Une glace ? Génial ! ai-je répondu, toute joyeuse.

Nous sommes allés chez le glacier. J'ai passé un très bon moment. Le type est très marrant. Il voulait tout savoir sur moi. Ensuite, il a raconté des tas d'histoires drôles. Je n'ai pas arrêté de rire.

J'ai failli oublier l'heure. Brusquement je me suis rappelé Eberhard. Il devait sûrement m'attendre et se demander où j'étais passée.

Totalement paniquée, je me suis levée d'un bond en m'écriant :

–Il faut que je ramène le chien, désolée. C'était super. Encore merci.

Et j'ai filé au pas de course au lieu de rendez-vous. Évidemment, Eberhard n'était pas encore là. Bravo ! Quand je pense que je n'ai même pas terminé ma glace.

Mais il s'est excusé mille fois quand il est arrivé et a été super gentil et prévenant. Ça m'a un peu réconciliée avec lui.

Vendredi 27 octobre

Lucilla était dans tous ses états quand je lui ai parlé de Londres. Elle trouve ça très romantique.

– Et complètement tragique, a-t-elle ajouté. Juste au moment où tu as rencontré l'amour de ta vie, vous êtes arrachés l'un à l'autre !

Elle a poussé un grand soupir.

– Ta vie est tellement excitante. Tu as vraiment de la chance, Jojo.

– Ce n'est pas de la chance, c'est de la poisse, ai-je rectifié.

Elle m'a alors regardée et ses yeux se sont remplis de larmes.

– Et nous deux, qu'est-ce qu'on va devenir ? Qu'est-ce que je vais faire sans toi !

– Tu pourrais déménager aussi, ai-je proposé. De toute façon, rien n'est décidé. Je ne pense pas qu'on va partir à Londres. Je m'y opposerai !

–Hé, Carla, tu sais la nouvelle ? Jojo déménage à Londres ! s'est écriée Lucilla en apercevant Carla à l'autre bout de la cour.

–Est-ce que ça signifie que Bello, pardon, je veux dire Sven, est libre ? a demandé Carla. Je veux bien m'en charger, j'ai toujours rêvé d'avoir un chien. Oh, pardon, Jojo, je ne t'avais pas vue !

–Andouille ! ai-je répliqué, furieuse.

Lucilla a passé son bras autour de mes épaules.

–Ne t'occupe pas d'elle. Elle est jalouse.

Ce qui n'a pas vraiment contribué à améliorer mon humeur.

C'est vrai, quoi, personne ne me comprend !

Rien de neuf à propos du déménagement à Londres. Ma mère refuse de renoncer au job. La proposition mérite réflexion, dit-elle. Nous devons nous habituer à l'idée d'aller vivre à Londres ; nous pourrons toujours changer d'avis ensuite.

Je ne changerai pas d'avis : il n'est pas question de m'exiler en Angleterre !

Flippi ne changera pas d'avis non plus : elle veut aller à Londres, et plutôt aujourd'hui que demain.

Il n'y a que ma mère qui hésite encore. Elle a proposé que nous nous informions sur les coutumes et usages du pays. Pour commencer, elle a annoncé :

–Nous allons goûter à la cuisine anglaise.

–Il y a un restaurant anglais ici ? a demandé Flippi, intéressée.

–Non, ma chérie, a répondu ma mère en riant. C'est moi qui vais cuisiner !

Cette menace a terrorisé Flippi qui est pourtant une dure à cuire.

–Pourquoi ? Nous n'avons rien fait. Juré ! La tache d'encre sur le tapis du salon, ce n'est pas ma faute !

–Vous n'allez pas recommencer ! a râlé ma mère.

C'est un sujet de conflit permanent chez nous : de temps en temps, ma mère se lance dans la cuisine, alors qu'elle sait très bien qu'elle est archinulle dans ce domaine. Flippi et moi, nous lui servons de cobayes et – ce qui est encore pire – nous devons assister au gâchis de produits de qualité transformés en objets immangeables qui auraient beaucoup de succès dans une exposition d'art contemporain.

C'est chaque fois un stress pas possible, et ça finit presque toujours à la pizzéria.

–J'ai des devoirs à terminer, me suis-je empressée de dire.

Et j'ai filé. Flippi m'a suivie.

–Je vais t'aider ! s'est-elle écriée.

–À quoi faire ? ai-je demandé.

–Je peux te tourner les pages, a-t-elle proposé servilement en me poussant dans le couloir.

–Non ! a tonné la voix de ma mère. Tu restes ici et tu m'expliques d'où vient cette tache d'encre sur le tapis du salon !

–Zut ! a grommelé Flippi. Je croyais qu'elle n'avait pas entendu.

Notre mère ? Jamais ! Pour ce genre de choses, elle a l'ouïe fine.

Je me suis rappelée que je n'avais pas le temps de faire mes devoirs. Je devais aller à mon rendez-vous avec Eberhard. Et Monsieur Schmitt. J'avais convenu avec Annette que nous promènerions ensemble nos chiens. Je suis vraiment contente de l'avoir rencontrée.

Lundi 30 octobre

Ce matin, au collège, Lucilla n'a pas voulu m'adresser la parole.

Après les cours, j'ai exigé une explication.

–Dis-moi ce que tu as sur le cœur, Lucilla.

Elle a haussé les épaules et m'a tourné le dos. Je l'ai tirée par le bras.

–Hé, tu pourrais me dire en face pourquoi tu ne veux plus me parler.

Au bord des larmes, elle a répondu:

–Je me demande pourquoi tu t'intéresses encore à moi maintenant que tu as une nouvelle amie.

–Mais, c'est faux!

–Je vous ai vues hier, au parc. En fait, je voulais voir ton Sven, mais penses-tu! Pas de prince charmant à l'horizon. Il n'y avait que vous deux, cette fille et toi. Vous vous êtes teint les cheveux en blond platine toutes les deux. Tu n'as jamais fait ça avec moi. Tu m'as même dit que tu t'étais teint les cheveux juste pour embêter ta mère.

C'était donc ça! Elle parlait d'Annette. Hou là là, qu'est-ce qu'elle est susceptible! J'ai éclaté de rire en lui mettant le bras autour des épaules.

–Lucilla, arrête d'être jalouse!

–Je ne suis pas jalouse! a-t-elle rétorqué d'un air pincé.

–C'était Annette. Nous nous sommes rencontrées par hasard. Les cheveux blond platine aussi, c'est un pur hasard.

–Mais je suis sûre que tu la trouves plus sympa que moi.

–Mais non, idiote ! Tu es ma meilleure amie, comme avant. Je te jure. Tu peux nous rejoindre quand…

Je me suis mordu les lèvres, me rappelant que nous devions promener les chiens. Et j'avais raconté à Lucilla que Monsieur Schmitt était le chien de la voisine. Mince ! Pourquoi faut-il que j'invente toujours des histoires aussi débiles ? Maintenant, j'étais coincée.

Lucilla rayonnait.

–Je peux venir, vraiment ? Génial !

Houps ! Trop tard. Je ne pouvais plus la décevoir maintenant.

Elle m'a enlacée, folle de joie.

–Tu es la meilleure amie du monde ! À cet après-midi, il faut que je file, j'ai encore plein de trucs à faire.

Elle s'est retournée après quelques pas pour demander :

–Au fait, où en es-tu avec Sven ? Vous sortez encore ensemble ? Pourquoi on ne le voit jamais ?

–Il est en voyage scolaire ! ai-je répondu.

Je n'en reviens pas de la facilité avec laquelle j'invente tous ces mensonges. Presque sans réfléchir. Est-ce un bon ou un mauvais présage ?

Lundi 30 octobre, le soir

Quand je suis arrivée au parc, cet après-midi, Annette m'attendait déjà. Nous nous apprêtions à partir quand une voix a retenti derrière nous.

–Ohé, Jojo !

Je me suis retournée et j'ai failli m'évanouir : Lucilla venait à notre rencontre, mais une Lucilla complètement transformée. Elle s'était teint les cheveux en blond platine et tenait un machin poilu dans les bras. Un sourire jusqu'aux oreilles, elle a demandé :

–Alors, qu'est-ce que vous en dites ?

Comme Annette et moi ne répondions rien, elle a ajouté :

–Et j'ai aussi apporté un chien. Il appartient à une amie de ma mère. Et imaginez-vous : elle me paye pour que je lui fasse prendre l'air ! C'est dingue, non ?

–Incroyable ! me suis-je écriée, médusée.

Lucilla a posé à terre la petite boule de poils.

–Il s'appelle Pöks. C'est un yorkshire-terrier. Il est chou, non ?

Puis elle nous a regardées et a déclaré :

–On peut y aller !

Annette a éclaté de rire.

–On doit avoir une drôle d'allure, toutes les trois, avec nos cheveux et nos chiens !

Elle a tendu la main à Lucilla.

–Salut, je m'appelle Annette.

Elle s'est remise à rire et a ajouté :

–Bienvenue au club !

Annette est vraiment super.

Lucilla était aux anges, et moi très satisfaite. Je ne redoutais plus de complications, et la situation était plutôt rigolote.

Lucilla s'est penchée vers moi pour me dire :

–Ma mère a piqué une crise à cause de mes cheveux.

J'ai hoché la tête en n'écoutant que d'une oreille, trop occupée à me demander comment j'allais m'y prendre pour ramener le chien.

Annette part toujours plus tôt que moi. Elle a d'autres horaires, pour ainsi dire. Je suis donc seule, d'habitude, quand je retrouve Eberhard. Que faire de Lucilla ? Officiellement, Eberhard est en voyage scolaire, et le chien appartient à ma voisine.

Quand Annette a pris congé, je n'avais toujours pas d'idée. Je n'étais sûre que d'une chose : il fallait que je me débarrasse de Lucilla avant qu'Eberhard n'apparaisse.

– Quand dois-tu ramener Pöks ? ai-je demandé, l'air de rien, à Lucilla.

– Oh, c'est égal ! Je peux me promener avec lui aussi longtemps que je veux.

Voilà qui n'arrangeait pas mes affaires. Il me restait vingt minutes avant mon rendez-vous avec Eberhard.

– Et toi, quand dois-tu ramener ton chien à ta voisine ? Comment s'appelle-t-il au fait ?

J'ai regardé Monsieur Schmitt. Aucun nom ne me venait à l'esprit.

– Chien, ai-je donc répondu. Il s'appelle tout bêtement Chien.

Soudain, j'ai trouvé comment m'en tirer.

– Et Chien doit rentrer à la maison. Salut, à demain au collège !

Et j'ai tourné les talons en tirant Monsieur Schmitt derrière moi.

Deux secondes plus tard, Lucilla m'avait rattrapée.

–Je te raccompagne. J'ai tout mon temps, s'est-elle écriée joyeusement.

Zut de zut! Quelle plaie! Je n'avais d'autre choix que de prendre la direction de la maison avec «Chien».

En chemin, Lucilla m'a soudain donné un coup de coude en murmurant:

–Ne regarde pas! Sur le trottoir d'en face, il y a un type qui n'arrête pas de te dévisager. À peu près notre âge, très mignon. Tu le connais?

J'allais tourner la tête, mais Lucilla m'en a empêchée.

–Ne regarde pas!

–Ça va pas? ai-je protesté, comment veux-tu que je sache si je le connais?

Avant que Lucilla ait le temps de répondre, le type en question m'a interpellée.

–Hé, salut!

Il fallait bien que je regarde. Lucilla est devenue tout agitée et a piqué un fard.

–Oh, mon Dieu! a-t-elle gémi en plantant ses ongles dans mon bras, il arrive, il arrive vers nous!

J'avais vraiment mal au bras. C'est pourquoi je grimaçais de douleur quand le type nous a rejointes. C'était le garçon qui avait rattrapé Monsieur Schmitt, l'autre jour.

Il a demandé en riant:

–Salut, Jojo, comment va? Tu as l'air dans la lune.

–Présente-moi, m'a chuchoté à l'oreille Lucilla.

Je me suis exécutée.

–C'est Lucilla, une copine.

Elle a aussitôt lâché mon bras pour tendre la main au type avec un sourire enjôleur.

–Et lui, c'est...

Mince! J'avais oublié de lui demander son nom, l'autre fois.

–... mon héros, le sauveur de chiens!

Il a souri à Lucilla en disant:

–Pour impressionner Jojo, il suffit d'attraper un chien!

Il s'est tourné vers moi, tout fier:

–Un jour, j'en ai même attrapé sept d'un coup!

Je n'ai pas pu m'empêcher de rire. Il est vraiment trop drôle. Il a poursuivi:

–« Mon héros » est un peu solennel. Tu peux m'appeler « Sven ». C'est mon prénom.

– Sven ? ! avons-nous couiné en chœur, Lucilla et moi.

Lucilla s'est tournée vers moi en ouvrant de grands yeux :

– C'est Sven ?

– Non, ce n'est pas lui, ai-je répondu.

– Mais si, mais si…, a protesté Sven le héros.

– Oui, bien sûr, ai-je temporisé, mais ce n'est pas Sven. Il s'appelle juste comme ça.

Lucilla et Sven m'ont regardée comme si j'avais reçu un coup sur la tête.

– Écoute, a-t-il plaisanté, si tu n'aimes pas mon prénom, on peut demander à mes parents de me baptiser autrement. Moi, ça m'est égal.

J'ai éclaté de rire.

– Non, non, il est parfait. C'est même mon prénom préféré… Mais… ah, c'est compliqué à expliquer !

– Alors, laisse tomber ! a-t-il répondu avec un grand sourire.

Il est vraiment sympa.

Lucilla le dévorait des yeux. À voix basse, elle m'a demandé :

–Dis, ce n’est pas «ton» Sven?

J’ai secoué la tête, agacée. Je déteste qu’on parle de quelqu’un en chuchotant alors qu’il se trouve juste en face de vous.

–Qu’avez-vous de prévu? Vous n’auriez pas envie d’une glace?

J’ai secoué la tête.

–Des frites? Une pizza? Un voyage à Rome?

J’ai ri à nouveau.

–Rome, je ne dis pas non, mais une autre fois. Il faut que je rentre tout de suite chez moi.

–Dommage, a-t-il soupiré, l’air vraiment désolé.

–Moi, j’ai le temps! s’est exclamée Lucilla.

Elle a battu des paupières et susurré:

–On peut aller manger une glace, tous les deux.

Il a paru un peu déconcerté. Il ne semblait pas très chaud pour emmener Lucilla au café, mais il ne voulait pas l’avouer. Aussi a-t-il marmonné, à contrecœur:

–Si tu veux.

–Bon, alors, je pars avec Sven, d’accord? a dit Lucilla à mon intention.

Et elle s’est éloignée. Lui, il a hésité un instant en me regardant.

–Dommage, a-t-il répété.

Et il a suivi Lucilla.

J'étais un peu déçue, sans savoir pourquoi.

J'aurais dû partir dans la même direction qu'eux pour ramener Monsieur Schmitt, mais comme j'avais dit à Lucilla que je rentrais chez moi, je pouvais difficilement leur emboîter le pas.

J'ai donc emmené mon caniche géant à la maison. Ma mère a fait une de ces têtes !

–Jojo, tu exagères ! Je ne veux pas de ce chien dans l'appartement ! a-t-elle déclaré avec fermeté en me barrant le passage.

–Juste cinq minutes, s'il te plaît ! l'ai-je implorée.

–Non ! a-t-elle répliqué.

Et elle m'a claqué la porte au nez.

Je me suis retrouvée assise sur l'escalier avec Monsieur Schmitt, à attendre que le temps passe. Dès que j'ai estimé que Lucilla était hors de vue, je suis ressortie dans la rue avec le chien et j'ai filé à une vitesse olympique pour rejoindre Eberhard.

Nous sommes arrivés, tous deux, la langue pendante. Eberhard était déjà là et attendait avec impatience.

–Tu entraînes le chien pour les championnats du monde ? a-t-il demandé.

–Cela fait partie de son programme de dressage, ai-je répliqué avec toute l'autorité d'une spécialiste ès chiens.

–Ah, et tu l'entraînes à quoi ?

–À courir, ai-je répondu.

C'était une explication un peu faiblarde. J'ai donc précisé :

–Le chien doit apprendre que c'est son maître qui détermine l'allure et qu'il doit s'y adapter.

Bien trouvé ! Eberhard était très impressionné.

–Tu sais ce que tu fais, je suppose, a-t-il dit. Dommage que tu arrives si tard, je voulais t'inviter à manger une glace. Mais maintenant il faut que je ramène Monsieur Schmitt en vitesse chez ma grand-mère. Bon, à demain, mon ange. Et mille mercis pour l'entraînement.

Sur ce, il a disparu et moi, je suis restée à ruminer ma déception. Bravo, j'arrive en retard juste le jour où il a du temps pour moi ! Et tout ça à cause de Lucilla, de ses cheveux blond platine et de Pöks. Est-ce que c'est un nom pour un cabot, Pöks ? Les propriétaires de chiens ont vraiment une case en moins.

Puis j'ai couru après Eberhard en criant :

–Attends un moment !

Il s'est retourné, surpris, et a demandé :

–Qu'est-ce qu'il y a ?

En fait, je voulais lui proposer qu'on aille demain manger une glace, tous les deux, mais, en voyant sa mine renfrognée, je n'ai pas osé. Je me suis même excusée :

–Je suis désolée d'être en retard.

–Ce n'est pas grave, a-t-il répondu, grand seigneur.

–Si… si tu as vraiment envie qu'on aille manger une glace, on peut reporter à demain, ai-je bégayé.

Il a réfléchi un instant. Comme une idiote, j'ai ajouté « S'il te plaît ». Pas cool du tout ! Je suis indécrottable !

Il a souri.

–Pas de problème, mon ange. Demain après-midi, je t'invite.

J'étais aux anges !

–Maintenant, il faut vraiment que j'y aille ! a-t-il dit.

Et il s'est mis en route. Il s'est arrêté après quelques pas et a lancé :

–Réfléchis au parfum que tu choisiras !

J'ai hoché la tête. Tout sauf de la glace à la framboise. J'y suis allergique.

J'ai pris mon courage à deux mains.

– On peut aller au cinéma après, ai-je proposé.

Il s'est arrêté, s'est tourné vers moi et a répondu :

– D'accord. D'abord une glace, ensuite le cinoche.

Je n'en revenais pas : c'était passé comme une lettre à la poste !

D'abord une glace, ensuite le cinéma. C'est le plus beau jour de la vie !

La vie est merveilleuse et j'ai une veine incroyable !

Il ne me reste plus qu'à me débarrasser de Lucilla demain.

Mardi 31 octobre

La chance me sourit. Le problème Lucilla est résolu : elle m'a appelée après les cours. Elle était horriblement désolée, mais elle ne peut pas venir aujourd'hui, car elle doit aller à l'anniversaire de sa grand-mère.

J'exultais. Intérieurement, bien entendu. Fantastique !

Ensuite, malheureusement, ça s'est compliqué. En effet, Lucilla m'a demandé :

– Pourrais-tu me rendre un service ?

– Ce que tu veux ! ai-je répondu.

J'étais de très bonne humeur, car Lucilla m'avait tiré une belle épine du pied. Je l'aurais embrassée ! Je ne me doutais pas qu'une demi-minute plus tard, elle allait me poser un autre problème.

– Il s'agit de Pöks, a-t-elle annoncé. J'avais promis de le promener aujourd'hui. Et j'ai pensé que tu pourrais l'emmener, puisque tu vas au parc de toute façon.

Je n'ai rien dit. Il fallait que je trouve un moyen de contourner l'obstacle.

– Tu peux garder l'argent.

– L'argent ? ai-je demandé.

– Oui, je t'ai dit que l'amie de ma mère me payait pour sortir son chien. Tu devrais parler avec ta voisine, pour qu'elle te paye aussi quand tu promènes Chien.

De quelle voisine parle-t-elle ? Et qui est Chien ? Ah, oui, je me souviens ! C'est moi qui ai inventé ces âneries.

–Euh… je fais ça pour rendre service. Mais si la propriétaire de Pöks veut me refiler de l'argent, pas de problème.

–Tu es un amour, ma petite Jojo. Salue Annette de ma part. Ciao !

–Hé, attends une seconde ! me suis-je écriée. J'avais encore une question, mais je ne savais pas comment la formuler.

–Dis donc, Lucilla, ça s'est passé comment, hier ? Au café ? Avec Sven ?

Lucilla a gloussé. Je me suis impatientée.

–Allez, raconte !

–Oh, a susurré Lucilla, il est adorable ! Il m'a posé plein de questions.

–Sérieux ?

Je ne sais pas pourquoi, mais je me suis sentie jalouse.

–Quel genre de questions ?

–Oh, des trucs sur toi, ce que tu fais, ce que tu aimes…

Ça m'a fait très plaisir, mais je me suis contentée de dire :

–Ah, bon…

–Dis-moi, Jojo, tu ne le trouves pas super ?

–Moi ? Non, pas du tout !

– Tu me le laisses alors ? Il est tellement mignon !

À nouveau, la morsure de la jalousie.

– Pas de problème, ai-je marmonné. Amuse-toi bien chez ta grand-mère.

Pourquoi l'idée que Lucilla puisse sortir avec Sven me contrarie à ce point ? C'est stupide : j'ai Eberhard, moi, je suis folle amoureuse de lui, Lucilla peut sortir avec qui elle veut, ça m'est bien égal.

En plus, je vais ce soir au cinéma. Avec Eberhard, l'homme de mes rêves. Que demander de plus ?

J'ai décidé que c'était mon jour de chance.

Mardi 31 octobre, le soir

Très moyen, comme jour de chance.

Pour commencer, je suis allée chercher Pöks. Il est franchement minuscule. Mais très mignon.

Puis je suis allée au parc. Je n'ai pas arrêté de sautiller, tellement il faisait froid.

Eberhard a froncé les sourcils quand il a vu Pöks. Il a demandé, soupçonneux :

– À qui appartient ce chien ?

Je trouvais que ça ne le regardait pas, mais je n'ai pas osé le lui dire. Il avait promis de me payer une glace et de m'inviter au cinéma, et je ne voulais pas gâcher sa bonne humeur.

Je lui ai fait un grand sourire.

–Eh bien, à ton avis ?

C'est toujours un bon truc de retourner la question quand on ne sait pas y répondre.

Eberhard a plissé le front, puis s'est mis à rire :

–C'est ton chien ! Pourquoi n'en as-tu jamais parlé ?

Ben, pourquoi je n'en ai jamais parlé ? Mon chien ? Pas mauvais comme idée.

Eberhard a gratté Pöks derrière l'oreille en disant :

–Il est chou. Un poids plume, mais rigolo.

Je me suis sentie toute chose, comme si Eberhard me grattait derrière l'oreille. Ce qui était presque le cas, car j'avais Pöks dans les bras.

–Bon, il faut que je file. À plus, pour la glace ! a-t-il dit.

–Et le cinéma, ai-je rappelé.

–Euh, ben... il y a un problème.

Oh non, s'il vous plaît ! Pas de problème !

–C'est-à-dire, il faut que nous repoussions...

–Ah? ai-je fait en m'efforçant de cacher ma déception.

Ça fait une éternité qu'il parle de m'inviter au cinéma, et il repousse toujours à plus tard. Ce n'est pas juste, à la fin!

–Mais ce n'est que partie remise! Promis, juré! Je meurs d'envie d'aller au cinéma avec toi!

Il en meurt d'envie!

–Vrai?

Il m'a souri.

–Mais oui, tu es trop mignonne!

Aaaahhhh! (Soupir.) Il est adorable!

–Et pourquoi ça ne va pas, aujourd'hui? ai-je demandé.

–Je dois remplacer un copain qui lit des histoires chaque soir dans une maison de retraite.

Waouh, j'étais soufflée! Visiblement, c'est très tendance, l'action humanitaire.

–Tu comprends, mon ange, n'est-ce pas?

–Bien sûr...

–Je préférerais cent fois sortir au cinéma avec toi, a-t-il soupiré. Tu me crois?

J'espère bien!

–C'est bon, ai-je dit.

J'avais peur qu'il se mette à implorer mon pardon. C'est le genre de choses que je déteste.

– Tu es un amour ! a-t-il fait en me serrant tendrement contre lui.

Alors, là, j'étais au septième ciel. Pas de doute, il est amoureux. Je peux tranquillement repousser la séance de cinéma.

– Et quand va-t-on au cinéma ?

Il a réfléchi.

– La semaine prochaine ?

– Quel jour ?

Je n'allais pas lâcher le morceau si facilement.

– Mercredi ?

– Lundi ! ai-je exigé.

– Bon, mardi, a-t-il concédé.

– D'accord pour mardi, ai-je répondu.

Sur ce, il a filé, et je suis allée promener Monsieur Schmitt et Pöks dans le parc.

J'ai eu droit à toutes sortes de réflexions stupides à cause des deux chiens, parce que Pöks est minuscule et Monsieur Schmitt gigantesque. Au bout d'un moment, j'en ai eu ras-le-bol et j'ai coincé Pöks sous mon bras pour qu'on ne le voie plus. La pauvre bête n'a guère profité de sa promenade. Au moins, elle a pris l'air. Je ne demanderai que la moitié de l'argent.

J'avais à peu près retrouvé ma bonne humeur quand je suis allée rejoindre Eberhard et que nous avons pris la direction du café. Je m'apprêtais à entrer, mais il est resté à l'extérieur et a commandé deux glaces au comptoir de vente ambulante.

–Quel parfum ? m'a-t-il demandé.

Ça ne m'allait pas du tout.

–Pourquoi on n'entre pas ?

Eberhard a jeté un regard à l'intérieur du café, puis il a dit :

–Je préfère me promener avec toi.

J'ai ouvert de grands yeux : une promenade ? Je venais d'arpenter le parc en long et en large pendant deux heures ! Je n'avais pas la moindre envie de faire un pas de plus. Je voulais m'asseoir et manger tranquillement une glace. La moutarde commençait à me monter au nez.

Eberhard a penché la tête de côté et m'a regardée avec des yeux attendris :

–S'il te plaît, pour me faire plaisir.

J'ai haussé les épaules en soupirant :

–Comme tu veux.

C'est très difficile de lui en vouloir. Il a une façon de vous regarder...

Nous nous sommes donc promenés tous les deux dans le parc, une glace dans une main, une laisse dans l'autre. Je connais les arbres par cœur, maintenant, je peux les appeler par leur prénom.

J'étais déçue et furieuse contre Eberhard. Mais en même temps, je m'en voulais, car, en réalité, il n'avait rien fait de grave. C'était plutôt ce qu'il ne faisait pas qui m'énervait.

Bien malin qui peut lire dans mon cœur. Moi, en tout cas, j'y renonce...

Une fois la glace terminée, j'ai ramené Pöks chez lui, puis je suis rentrée chez moi. Je n'étais pas à prendre avec des pincettes.

En chemin, j'ai rencontré Sven.

–Salut ! s'est-il écrié joyeusement.

Puis il a regardé autour de lui en mimant l'anxiété.

–Ta copine n'est pas dans les parages, au moins ?

J'ai éclaté de rire.

–Non, n'aie crainte, la voie est libre !

–Ne me refais plus jamais ce coup-là ! a-t-il dit.

–Quoi ?

–M'imposer une remplaçante quand je t'invite à manger une glace.

–Hé, je n'ai pas…

–C'est bon ! m'a-t-il interrompue. N'en parlons plus, je ne peux m'en prendre qu'à moi-même.

–Exactement, ai-je dit.

J'étais encore de mauvaise humeur, à cause d'Eberhard, et il l'a remarqué.

–Qu'est-ce qu'il y a ? Des problèmes avec ta mère ?

–Non.

–Avec ta sœur ? Avec un prof ?

–Non.

Je commençais à me dérider.

Il a hésité un instant. Puis il a demandé :

–Avec ton copain ?

–Non.

–Comment, « non » ? Pas de problèmes ou pas de copain ?

Je n'ai pas pu m'empêcher de sourire.

–Pas de copain, ai-je répondu.

Et j'ai eu tout de suite mauvaise conscience. Pourquoi ai-je passé Eberhard sous silence?

–C'est à cause de ça, ta mauvaise humeur?

–À cause de quoi?

–Parce que tu n'as pas de copain?

J'ai éclaté de rire.

–Car si c'est ça, ton problème, je pourrais t'aider à le résoudre, a-t-il proposé.

J'en ai eu le souffle coupé. Est-ce que c'était une déclaration?

–Ah, et comment ça?

Il a eu un sourire en coin.

–Je pourrais passer une annonce dans le journal: *Petite blonde craquante cherche copain. Une seule condition: il ne doit pas s'appeler Sven.*

J'ai ri. Mais j'étais un peu déçue. Je m'attendais à une autre réponse, je crois. Soudain, j'ai pensé: «Si ça se trouve, il veut juste se moquer de moi.» Il ne manquerait plus que ça! Cette pensée n'a pas amélioré mon humeur. Assez sèchement, j'ai annoncé:

–Il faut que je rentre. Salut.

Et j'ai tourné les talons. Il a été tellement surpris qu'il n'a rien répondu et n'a pas tenté de me suivre.

Eh bien, tant pis.

Bravo. Maintenant, je suis à cran et j'ai le moral à zéro.

Mercredi 1er novembre

J'étais toujours de très mauvaise humeur quand je suis partie pour le parc avec Monsieur Schmitt, cet après-midi. J'étais furieuse contre Eberhard. Je trouve bizarre qu'il n'ait jamais de temps pour moi. Je m'en voulais aussi, car dès qu'il est devant moi, me sourit et m'appelle «mon ange», je lui pardonne tout.

Mais là, comme il était loin, j'étais furieuse.

Je me suis plainte d'Eberhard à Annette. Et elle m'a donné raison.

–C'est vrai, Jojo, ce type t'exploite. Il n'a jamais de temps pour toi, tu es tout juste bonne à promener son chien débile.

C'en était trop, j'étais hors de moi.

–Monsieur Schmitt n'est pas débile. C'est ton Mops qui l'est ! Et pas qu'un peu ! Monsieur Schmitt ne bave pas, lui !

–De quoi parles-tu, Jojo ? Je te parle, moi, de Sven et de la manière dont il te traite !

J'étais abasourdie.

–Sven? Quoi? Eh bien, comment me traite-t-il?

Que savait-elle de Sven? Je me suis rappelée alors qu'elle parlait d'Eberhard. Quel embrouillamini avec tous ces noms!

J'ai défendu Eberhard:

–Il est adorable, vraiment!

–Mais c'est toi-même qui as dit qu'il n'avait jamais de temps pour toi.

–Ce n'est pas sa faute!

–Tu es totalement aveugle!

–Que veux-tu, l'amour rend aveugle! ai-je rétorqué, agacée.

Annette a levé les yeux au ciel. Ça m'a énervée.

–Et toi, tu peux parler! Où en es-tu avec ton Edgar? Combien de fois t'a-t-il sortie au cinéma? Lui non plus, il n'a jamais le temps!

–C'est autre chose. Il doit étudier pour le lycée. Et on est allés au cinéma hier soir!

–S'il passe son temps dans les bouquins, ça m'étonnerait qu'il soit aussi mignon que tu le dis. D'ailleurs tu peux raconter n'importe quoi, je ne l'ai jamais vu.

–Et alors? Ton Sven non plus, tu ne me l'as jamais montré. Edgar est super mignon! En plus, il n'y a aucun rapport entre le physique d'un mec et le fait qu'il soit bon en classe.

J'ai dû admettre qu'elle avait raison.

–Ouais, ouais, ai-je grommelé.

Nous avons marché un moment sans rien dire. Annette m'a jeté un regard de côté.

–Tu sais quoi? Jojo, on ne devrait pas se disputer pour des garçons. Ils n'en valent pas la peine.

J'ai hoché la tête.

–Tu devrais peut-être lui fixer un ultimatum, a-t-elle poursuivi. Du genre: tu sors avec moi ou je te plaque.

–Ne recommence pas avec ça! ai-je grogné.

Annette a mis un bras autour de mes épaules.

–Écoute-moi, Jojo, tu as raison, je l'admets. Edgar a trop peu de temps pour moi. Il n'est pas meilleur que ton Sven. En fait, hier, on devait d'abord aller manger une glace avant le cinéma. Mais il m'a annoncé que la glace, ce serait pour une autre fois, qu'il n'était libre qu'en soirée.

Ça m'a un peu consolée.

–Et moi, je suis allée manger une glace, mais pas au cinéma. On en est au même point.

– Le cinéma, c'est quand même un cran au-dessus, a affirmé Annette.

Elle s'est empressée d'ajouter :

– Je dis ça sans arrière-pensée.

J'ai soupiré.

– Tu as raison. Je vais exiger qu'il m'emmène au cinéma. Il me l'a promis, après tout.

– Et moi, je vais réclamer ma glace !

Nous avons retrouvé notre bonne humeur, toutes les deux. Annette est une fille super.

Quand Lucilla est arrivée, j'ai demandé à Annette de ne pas parler de Sven devant elle.

Annette a dû partir peu de temps après, et Lucilla, Dieu merci, était pressée de rentrer chez elle, si bien que j'ai pu sans problème ramener Monsieur Schmitt.

J'ai rappelé à Eberhard notre soirée au cinéma, mardi prochain.

– Je brûle d'impatience ! a-t-il répondu.

– On peut y aller plus tôt, si tu es si pressé, ai-je proposé.

Il a ri.

– Tu es trop mignonne ! a-t-il dit.

Et il est parti, laissant la « mignonne » Jojo plantée là comme une imbécile.

J'étais d'une humeur massacrante.

Je me demande bien pourquoi.

Vendredi 3 novembre

Hier, c'était le stress avec Eberhard. Je devais aller chez le dentiste. Rien de particulier, contrôle de routine. Ma mère exige que nous montrions régulièrement nos quenottes au dentiste. Si ça lui fait plaisir…

J'avais calculé que j'avais juste le temps d'arriver à l'heure à mon rendez-vous si Eberhard était ponctuel. Comme il est souvent en retard pour venir chercher Monsieur Schmitt, je lui ai demandé de faire attention cette fois.

–Pas de problème, mon ange, tu peux compter sur moi.

Tu parles ! Qui n'était pas au rendez-vous ? C'est monsieur « Pas-de-problème ». J'étais furieuse. Et bien embarrassée. Que faire de Monsieur Schmitt ?

J'ai décidé d'emmener le chien chez le dentiste. Mais il a refusé de laisser entrer la bête. « Pour des raisons d'hygiène ». Furibonde, je suis retournée au parc. Mais toujours pas d'Eberhard en vue.

Je suis retournée chez le dentiste. J'ai fait une nouvelle tentative. Sans succès. Pourtant, avec une grande présence d'esprit, j'ai proposé au dentiste de contrôler aussi la denture du chien. Mais il n'était pas intéressé.

Il n'avait pas l'air content, le dentiste. Il faut dire qu'il s'appelle aussi Schmitt. Docteur Schmitt. Et comme je n'arrêtais pas de parler de Monsieur Schmitt en désignant le chien, il a dû croire que je me fichais de lui.

J'ai fini par téléphoner à Flippi pour lui demander de s'occuper de Monsieur Schmitt. Le chien, pas le dentiste.

Flippi a exigé un euro pour la peine. Je n'avais pas le choix, j'ai payé.

–Et comment vais-je reconnaître le type à qui je dois remettre le cabot ? Vous avez un signe de reconnaissance ?

–Hein ? Pour quoi faire ?

–Ben, je ne vais pas refiler Monsieur Schmitt à n'importe qui. Tu n'as jamais entendu parler de dognapping ?

–Dog quoi ?

–Dognapping ! Kidnapping, dognapping, c'est pourtant clair !

–Flippi, arrête ton délire ! Il faudrait être cinglé pour enlever un monstre pareil. Je te garantis que, en dehors de Ebe… euh… Sven, personne ne voudra de ce chien. Au fait, ne l'appelle pas Sven. Il n'aime pas.

Flippi a secoué la tête d'un air accablé.

–Tu as de drôles de copains.

Comme je ne lui faisais qu'à moitié confiance, j'ai ajouté :

–Je te donne un euro de plus si tu me le promets.

Elle a tout de suite flairé la bonne affaire.

–Ajoute encore un euro et je ne lui adresse pas la parole, a-t-elle proposé. Je ferai comme si j'étais muette.

J'ai réfléchi un instant, mais j'ai trouvé que c'était de l'arnaque d'exiger de l'argent pour ne rien dire.

–File et ne fais pas tout capoter ! ai-je ordonné.

Naturellement, il y a eu des complications. Une seule, en fait, mais très embarrassante.

Flippi a dit à Eberhard :

–Jojo est chez le dentiste.

Et cet imbécile d'Eberhard a demandé :

–Jojo ? C'est qui ?

Et cette patate de Flippi a répondu :

– C'est la poulette blond platine à qui tu refiles tous les jours ton cabot, pendant que tu te donnes du bon temps je ne sais où !

D'après Flippi, « Sven » a tiré une sale gueule. Il a pris le chien sans rien dire et a disparu.

Je suis très partagée. D'un côté, ça ne me déplaît pas que Flippi n'ait pas mâché ses mots. D'un autre côté, j'espère qu'il n'est pas fâché contre moi. Surtout qu'on doit aller mardi au cinoche. Si Flippi a torpillé ma soirée avec Eberhard, elle va m'entendre !

Ce matin, au collège, Lucilla m'a demandé des nouvelles de Sven.

– Je ne sais pas où il est fourré, et ça m'est bien égal ! ai-je rétorqué.

– Dis donc, tu n'es pas à prendre avec des pincettes !

– Excuse-moi, Lucilla, ai-je dit, toute contrite. J'ai… ah, je ne sais pas. Tout est tellement compliqué.

– Avec Sven ?

Je l'ai regardée sans comprendre.

– Ah, tu veux dire *mon* Sven ! Je croyais que tu parlais de…

–Oui, *ton* Sven. Pas le mien, a-t-elle précisé.

Ça m'a énervée qu'elle l'appelle «mon» Sven. Ils n'en sont pourtant pas encore là. Et je me suis énervée aussi contre moi-même: franchement pas malin d'avoir baptisé Eberhard «Sven». Je n'arrête pas de m'emmêler les pinceaux. Mais impossible de faire machine arrière maintenant.

–Non ça va, pas de problème.

Je ne voulais pas avouer que la situation n'était pas au beau fixe.

–Je meurs d'envie de voir ton Sven, Jojo!

«Et moi le tien», ai-je pensé. Pour me demander aussitôt: «Et pourquoi, au juste?»

–L'occasion se présentera tôt ou tard, ai-je répondu en soupirant.

Samedi 4 novembre

Et elle s'est présentée aujourd'hui même.

Eberhard n'a pas fait de difficultés à propos d'hier. Il n'est pas du genre à se formaliser. Il s'est même excusé d'avoir été en retard.

–Ça ne t'a pas causé de problèmes, j'espère? a-t-il demandé, très prévenant.

–Des problèmes? Non, non, pas du tout.

–Dieu merci ! a-t-il dit, soulagé. J'avais peur que tu sois fâchée et que tu annules notre sortie au cinéma.

–Moi ? Jamais de la vie ! me suis-je exclamée.

Pas très cool, comme réaction. Mais il était trop tard.

Il a souri.

–Alors, c'est parfait.

Juste à ce moment, une voix a appelé derrière moi :

–Hou hou hou !

Je me suis retournée. C'était Lucilla. Elle agitait les bras comme un moulin à vent.

–Il faut que j'y aille, ai-je dit à Eberhard.

Dieu merci, j'avais déjà en main la laisse de Monsieur Schmitt. J'ai couru vers Lucilla, qui ne faisait pas attention à moi, mais regardait fixement Eberhard.

–C'est lui ? a-t-elle demandé, incrédule.

J'ai suivi son regard. Oui, c'est vrai, il était vraiment craquant. Je lui ai fait un geste de la main et j'ai entraîné Lucilla dans la direction opposée.

–Oui, ai-je répondu, incidemment.

–Waouh, qu'est-ce qu'il est mignon ! a soupiré Lucilla. Jojo, tu as une de ces veines !

L'admiration de Lucilla me faisait chaud au cœur.

–Depuis quand est-il revenu ? a-t-elle demandé.

–Revenu ?

Je ne voyais pas de quoi elle parlait.

–De son voyage scolaire ?

Je l'ai dévisagée avec inquiétude. La vision d'Eberhard avait-elle provoqué chez elle une attaque au cerveau ?

Soudain, ça m'est revenu. Je suis la reine des bécasses ! Quand on n'a pas plus de mémoire qu'un taille-crayon, on ne va pas raconter de mensonges. Ça finit toujours mal.

–Depuis ce matin, me suis-je dépêchée de répondre.

Lucilla a eu un regard extasié.

–Et aussitôt il te donne rendez-vous. Comme c'est romantique !

Puis elle a mis la main devant sa bouche, affolée :

–Est-ce que je vous ai dérangés ? Tu souhaites sans doute te promener avec Sven, n'est-ce pas ?

–Avec Sven ? ai-je demandé sans comprendre.

Mais oui, bien sûr, Lucilla veut dire Eberhard. Je lui ai adressé un grand sourire.

– Non, c'est bon, je lui ai dit que je voulais consacrer un peu de temps à ma meilleure amie, et il s'est montré très compréhensif.

– Oh, Jojo, c'est vraiment gentil de ta part !

Je me suis sentie mal, tout d'un coup. C'est vraiment moche, ce que je fais là. Lucilla me tape sur les nerfs, parfois, mais elle est très sympa, tout compte fait. Pourquoi ne pas lui dire la vérité, tout simplement ?

Tiens, parce que la vérité n'est pas belle à entendre. Elle est même assez déprimante. Je me teins les cheveux dans une couleur que je n'aime pas spécialement. Je passe mon temps libre à promener un horrible cabot, alors que je n'en ai rien à cirer des chiens. Tout ça pour plaire à un type super mignon. Plutôt triste, au fond, non ? Et je suis jalouse parce que ma meilleure amie s'intéresse à un garçon qui, en toute logique, devrait m'être indifférent. Sven est très sympa, c'est vrai, mais je suis amoureuse d'Eberhard.

Je ne sais plus où j'en suis.

Bon, on va faire comme ça : je vais avec lui au cinéma. Ou bien il se passe quelque chose qui me prouve qu'il tient vraiment à moi, ou bien c'est fini entre nous. Rideau. Finito. Il promènera lui-même son horrible chien.

Tout à coup, Lucilla a planté ses ongles dans mon avant-bras en couinant :

–Mon Dieu, il est là !

–Qui ?

–Lui !

Sven venait à notre rencontre. J'étais toute contente de le voir.

–Je vais faire un bout de chemin avec vous. Par mesure de sécurité, a-t-il dit.

–Par mesure de sécurité ? ai-je demandé. Tu t'inquiètes de ma sécurité ?

D'un seul coup, mon humeur était revenue au beau fixe.

–Non, pas la tienne. Celle de Monsieur Schmitt. Au cas où il serait agressé par un lapin.

J'ai éclaté de rire. C'est dingue comme c'est facile de rire avec lui.

–Mon chien aussi s'est sauvé la semaine dernière, est intervenue Lucilla.

–Quel chien ? a demandé Sven, en regardant autour de lui, comme s'il ne voyait pas Pöks.

Lucilla s'est offusquée. Sven s'en est aperçu, et il s'est empressé d'ajouter:

–Ton chien est très mignon. Vous faites un beau couple.

Lucilla est devenue cramoisie. Et moi, je n'ai pas pu m'empêcher d'être jalouse.

–Tu as des projets pour aujourd'hui? a-t-il demandé à Lucilla.

Je suis tombée des nues. J'étais profondément mortifiée.

Lucilla a eu une mine dépitée.

–Hélas, oui. On a de la visite, il faut que je rentre tout de suite chez moi.

Sven s'est alors tourné vers moi avec un grand sourire.

–Alors, il faut que je me rabatte sur toi. Que dirais-tu d'une pizza?

–Que dirais-tu de Rome?

–Pas de précipitation. Une chose après l'autre. D'abord la pizza, comme ça je verrai si tu sais te servir d'un couteau et d'une fourchette.

–Je mange la pizza avec les doigts.

Sven a froncé les sourcils et a répondu avec regret:

–Dans ce cas, je crains qu'on n'aille pas plus loin que Florence.

J'ai éclaté de rire une nouvelle fois.

–Et Sven dans tout ça? a demandé brusquement Lucilla.

J'ai eu un choc et le sang m'est monté au visage. Sven a souri.

–Exact, et Sven dans tout ça? a-t-il demandé tendrement.

–Non, je parle du copain de Jojo.

Sven a fixé Lucilla, étonné.

–Il s'appelle aussi Sven, a jacassé joyeusement Lucilla. C'est amusant comme coïncidence, non?

Sven m'a regardée droit dans les yeux.

–C'est vrai?

J'ai tourné la tête, anéantie, incapable de prononcer un mot.

Sven a hoché la tête.

–Merci. Ton silence vaut toutes les réponses.

Puis il a montré un endroit dans le parc.

–Tiens, je vois un chien en détresse, là-bas. Il faut que j'intervienne, je crois. Ne suis-je pas le sauveur des chiens et des blondes?

Sur ce, il m'a laissée en plan.

Lucilla a éclaté de rire.

–Il est vraiment drôle, tu ne trouves pas, Jojo ?

Je n'ai rien dit. J'avais la gorge nouée.

Puis j'ai pensé : « Ce que Sven pense de moi, ça m'est complètement égal. Demain soir, je sors au cinéma avec Eberhard. Ce sera un grand jour. »

Je me fiche pas mal de Sven.

Mardi 7 novembre

C'est aujourd'hui le jour décisif. Un mot de travers, et tout est fini entre nous. Je le jure.

J'ai réfléchi, en effet : Eberhard doit jouer cartes sur table. C'est vrai : qu'est-ce qu'il a fait pour moi, jusqu'à présent ? Il m'a offert un cœur en nougat, il m'a payé une glace, à emporter. Très romantique ! Et nous avons promené ensemble Monsieur Schmitt. Tout au début.

Depuis, on ne se voit qu'au moment où je ramène le chien. Ça ne fait pas lourd.

Si la soirée au cinéma se passe bien, je continue. Sinon, j'arrête les frais. Je ne suis quand même pas idiote.

Ah… (Soupir.) Pas idiote, mais amoureuse. Et pas qu'un peu. Il est trop mignon. Et très gentil avec moi, au fond. Je dois me montrer plus compréhensive pour sa situation. Lui aussi, il aimerait passer plus de temps avec moi.

Je ne devrais peut-être pas être aussi dure. Ne m'appelle-t-il pas « mon ange » ? Et il ne le ferait pas s'il ne s'intéressait pas à moi. Il a dit aussi deux fois que j'étais mignonne. Ce sont des indices qui ne trompent pas, non ?

De toute façon, je suis amoureuse pour deux. Ah, vivement ce soir ! Ça va être génial, je suis sûre.

Mercredi 8 novembre

C'est fini. Fini, fini. Une fois pour toutes. Je le déteste. Et c'est très bien comme ça. Je me sens déjà bien mieux.

J'ai passé ma soirée à pleurer. J'étais complètement désespérée. Mais, ce matin, j'ai décidé de ne plus verser une larme pour Eberhard. Il ne le mérite pas. Ce n'est pas parce qu'il est craquant, charmant et…

Bouh houhou, c'est horrible ! Ça y est, ça recommence, je ne peux pas m'empêcher de pleurnicher. C'est trop injuste ! Il est siiiiiiii mignon ! Je le déteste !

Plus un mot sur Eberhard. C'est terminé. Écrire son nom, c'est gâcher du papier !

Comment a-t-il pu me faire une chose pareille ? Il me l'avait promis, pourtant ! Et j'ai l'air de quoi, maintenant ? J'ai raconté à tout le monde que je sortais avec lui !

Et lui, cette andouille, il arrive, il me fait les yeux doux et m'annonce :

–Mon ange, j'ai un petit problème.

Je n'ai pas imaginé un instant que ça concernait notre soirée au cinéma. J'ai répondu joyeusement :

–Oh, les problèmes sont faits pour être résolus ! De quoi s'agit-il ?

Il a paru soulagé.

–Je suis content que tu le prennes aussi bien.

Et il m'a serrée contre lui en ajoutant :

–Tu es vraiment un ange !

Mon cœur a chaviré : j'étais sur un petit nuage !

–Toi, tu me comprends, a-t-il poursuivi. Une autre, à ta place, m'aurait fait une scène.

–Je ne suis pas comme les autres, tiens ! me suis-je écriée, toute contente et ne me doutant de rien.

J'espérais qu'en restant cool et sympa, il allait encore me serrer contre lui.

– Mais, a-t-il continué, ce n'est que partie remise !

J'ai tiqué. Pardon ? De quoi parlait-il ? Méfiante, j'ai demandé :

– De quoi s'agit-il ?

Il m'a regardée, étonné :

– Je ne te l'ai pas dit ?

– En tout cas, je n'ai pas capté. Alors, au risque de te répéter, dis-moi clairement quel est ton problème, ai-je déclaré, de plus en plus soupçonneuse.

J'avais le pressentiment que ce qui allait me tomber dessus n'était pas du tout fait pour me plaire.

Et c'est tombé :

– Le cinéma, a-t-il dit. Je suis désolé, mais ce soir, je ne peux pas.

Je l'ai fixé, incrédule.

– Je suis vraiment content que tu prennes ça aussi bien, a-t-il assuré en souriant de toutes ses dents.

Mais je ne prenais ça pas bien du tout. Je prenais même ça très mal. J'étais anéantie, terrassée, et en même temps prête à exploser et à cracher feu et flammes.

–Tu comprends, ce soir, je dois… a-t-il commencé.

–C'est bon, l'ai-je interrompu aussi net.

Je n'avais aucune envie d'entendre son excuse débile. Je lui ai mis dans les mains la laisse de Monsieur Schmitt et j'ai dit :

–Désolée, je ne peux pas aller au cinéma avec toi, ce soir. J'espère que tu ne m'en voudras pas.

J'ai tourné les talons et je suis partie. Et les larmes se sont mises à couler.

–Hé, mon ange, attends… a-t-il crié dans mon dos.

Mais j'ai accéléré le pas et j'ai pris le large. Il ne manquerait plus qu'il me voie pleurer, pardessus le marché !

C'est ce que j'appelle une sortie pleine de dignité ! Ce n'est pas lui qui a annulé la soirée, c'est moi. Bien fait pour lui. Je ne vais pas me laisser marcher sur les pieds, non mais !

Je le déteste ! Pour de bon. C'est fini. Je ne veux plus entendre parler de ce type !

Jeudi 9 novembre

Je ne gaspillerai plus une seule ligne de ce journal à mentionner Eberhard ! Le chapitre est clos.

Il y a bien assez de choses passionnantes dans ma vie, en dehors de lui.

Pourquoi faut-il que je pleure dès que je croise un chien ? C'est sans doute que Monsieur Schmitt me manque.

Quand Lucilla m'a demandé des nouvelles de Sven (et que je me suis souvenue à temps qu'elle parlait d'Eberhard), les larmes me sont montées aux yeux.

Elle était bouleversée, mais j'ai pu la rassurer et la convaincre que c'était juste une poussière dans l'œil. Je lui ai quand même demandé de ne plus me parler de Sven. Naturellement, elle a voulu savoir pour quelle raison.

Je lui ai expliqué que j'avais promis à ma mère de ne plus m'intéresser aux garçons pendant une semaine et de me consacrer entièrement au travail scolaire.

– Ta mère est vraiment bizarre, a commenté Lucilla.

– Tu peux le dire, ai-je répondu.

– C'est ce que j'ai fait, a dit Lucilla.

J'ai éclaté de rire, ce qui, Dieu merci, a mis fin à la conversation.

Cet après-midi, Lucilla m'a appelée.

–Devine qui j'ai rencontré !

–Aucune idée.

–Sven !

J'ai eu un pincement au cœur.

–Ah, et… ?

–Il est trop mignon !

–Hmm. De quel Sven parles-tu ?

–De mon Sven ! Je n'ai plus le droit de parler du tien.

–Ah oui, et… ?

–Je lui ai demandé s'il voulait aller au cinéma avec moi.

« Oh non, pas ça ! » ai-je pensé en moi-même.

–Mais il n'a pas le temps.

Ouf ! Me voilà soulagée.

–Je crois qu'il y a quelque chose qui le tracasse. D'habitude, il a toujours le mot pour rire, mais là, je l'ai trouvé abattu.

Brusquement, j'étais très intéressée.

–Et d'après toi, qu'est-ce qu'il a ? ai-je interrogé Lucilla. Est-ce qu'il t'a dit quelque chose ?

–Non, il n'a rien dit. Mais je vais m'occuper de lui. Il a peut-être besoin de quelqu'un à qui se confier.

Pfuit ! Mon contentement est retombé comme un soufflé. Je n'avais pas très envie que Lucilla s'occupe de lui.

Puis il m'est revenu à l'esprit que tout ça ne me regardait pas. Ce ne sont pas mes oignons. Moi, j'ai Eberhard, contre qui je suis furieuse, à cause de qui je pleure toutes les larmes de mon corps, et que je ne veux plus jamais revoir. Et ça suffit bien pour m'occuper.

Vendredi 10 novembre

Plus un mot sur lui. Ah, snif, snif, cent fois snif ! Je suis si malheureuse. Ma vie est horrible. Il me manque. Monsieur Schmitt, naturellement. Pas Eberhard. Lui, il m'est complètement indifférent.

Je vais peut-être aller me promener dans le parc. Un peu de mouvement me fera du bien. Et c'est bon pour la santé de respirer l'air pur.

Pourvu que je ne tombe pas sur Eberhard. Ça m'ennuierait beaucoup s'il croisait mon chemin.

Bien sûr, je pourrais me promener ailleurs, là où je risque moins de le rencontrer, mais je ne vais quand même pas renoncer au parc, sous prétexte qu'Eberhard pourrait s'y trouver !

Pff, ce mec m'est complètement indifférent. Il ne m'intéresse pas le moins du monde.

Il faut que je me maquille un peu et que je mette des fringues cool. En espérant qu'Eberhard ne sera pas dans les parages.

Vendredi 10 novembre, le soir

Ah, Eberhard est siiiiii mignon ! Tout cela n'était qu'un malentendu. J'ai été très injuste avec lui. Enfin, tout le monde peut se tromper. Il ne m'en veut pas, heureusement.

Je l'ai rencontré tout à fait par hasard. Il se promenait dans le parc avec Monsieur Schmitt et il n'avait pas l'air de très bonne humeur.

Je me suis demandé si je devais le saluer, mais j'ai pensé que c'était à lui de m'adresser la parole. Et c'est ce qu'il a fait, dès qu'il m'a aperçue.

–Hé, s'est-il écrié, ça fait un bail qu'on ne s'est pas vus !

Il faisait comme si rien ne s'était passé. Alors, je l'ai imité.

–Salut, Sv…

J'ai failli l'appeler Sven. Je me suis tellement habituée à ce nom qu'il m'est venu tout seul.

–Salut, ai-je repris.

–Où étais-tu fourrée ? a-t-il demandé, très souriant.

–Oh… j'étais très occupée, ai-je répondu.

Il n'avait pas besoin de savoir que j'étais furieuse contre lui.

–Tu fais un bout de chemin avec moi ? a-t-il proposé.

J'ai haussé les épaules.

–Si tu veux, ai-je répondu.

–Super !

Il avait l'air de se réjouir vraiment.

J'ai peut-être réagi de manière trop vive, l'autre jour. Enfin, ça peut arriver à tout le monde.

Nous nous sommes promenés un moment dans le parc. Je parlais peu, ne sachant trop quoi dire.

–Tu veux une glace ? a-t-il demandé.

–Oui, pourquoi pas ? ai-je répondu.

Et cette fois, je ne ferais pas la tête si ce n'est qu'une glace à emporter, me suis-je promis.

–Mais c'est moi qui paye ma glace, ai-je ajouté.

Je voulais lui prouver que j'étais indépendante et que je pouvais me payer une glace sans lui.

–Laisse-moi te l'offrir, je t'en prie, a-t-il demandé très galamment. Pour te remercier d'avoir si souvent promené Monsieur Schmitt.

Ah, il n'a pas oublié ! Comme ma mère s'est trompée sur son compte !

Il m'a offert une glace et nous avons repris notre promenade. Il a été adorable. Nous avons parlé de tout et de rien, et il était tellement sympa que j'ai regretté d'avoir fait le mort pendant plusieurs jours. Je suis retombée amoureuse de lui et je n'attendais qu'une chose : qu'il me demande si je voulais à nouveau promener Monsieur Schmitt.

Eh bien, il me l'a demandé. Mieux même, il a dit :

– Tu sais, c'est bien plus amusant de promener Monsieur Schmitt quand tu es là. Est-ce que tu es libre, demain ? On pourrait se retrouver et se promener ensemble.

J'étais au septième ciel.

– Bien sûr, ai-je aussitôt répondu.

Puis ça m'est revenu à l'esprit.

– Et le soutien scolaire ? ai-je demandé.

– Ah... euh... j'ai un copain qui peut s'en charger à ma place.

Génial ! Nous allons enfin avoir du temps l'un pour l'autre. C'est le bonheur total. Eberhard était en super forme et vraiment charmant avec moi. Quand je pense que j'ai failli rompre !

Je me sentais légère comme un papillon en rentrant à la maison. Vivement demain! Il est siiiii mignon!

Sur le chemin du retour, j'ai rencontré Sven. J'étais de tellement bonne humeur que je l'ai abordé.

–Hé, salut, comment vas-tu? Ça fait longtemps qu'on ne s'est pas vus!

Il a répondu assez sèchement.

–Mais moi, je t'ai vue tout à l'heure.

Ah bon? Et alors?

–C'est lui ton copain? a-t-il demandé.

Le ton était assez réprobateur.

Je n'aime pas du tout quand on me parle sur ce ton, et j'ai répondu d'un air pincé.

–Oui, c'est Sven.

–Il ne s'appelle pas Sven, a dit Sven.

J'ai rougi. C'était très gênant. Mais je ne pouvais pas savoir qu'il le connaissait.

–Qu'est-ce que ça peut te faire? ai-je rétorqué, vexée.

–Tu le connais depuis longtemps?

–Bien sûr.

De quoi se mêlait-il ? Il commençait sérieusement à m'énerver.

–Et tu sors encore avec lui ? s'est-il étonné.

–Pourquoi pas ? Qu'est-ce que tu veux dire ?

La moutarde me montait au nez.

–J'espère que tu sais ce que tu fais, a dit Sven.

–Ne t'inquiète pas pour moi, ai-je répliqué.

Sven a secoué la tête.

–Je me suis trompé sur ton compte, apparemment. Je te croyais plus futée.

Sur ce, il s'est éloigné.

J'étais hors de moi ! Mais pour qui il se prend, ce type ? Je sors avec qui je veux, zut ! Ça ne le regarde pas.

Quand je suis rentrée à la maison, Flippi m'a informée qu'elle avait décidé de ne pas déménager en Angleterre.

–J'ai peur que mes limaces ne supportent pas le dépaysement. Le temps qu'elles se fassent de nouvelles amies et qu'elles apprennent l'anglais, les pauvres chéries, ce sera long…

–Tu es folle ? me suis-je écriée. Il faut qu'on déménage !

Flippi m'a dévisagée, interloquée.

– Tiens, c'est nouveau !

– C'est génial, l'Angleterre !

– Qu'est-ce que tu racontes ? Tu étais contre le déménagement !

J'ai haussé les épaules.

– Eh bien, j'ai changé d'avis.

Pour être exacte, c'est Eberhard qui m'a soufflé l'idée. Je lui ai raconté qu'on allait peut-être s'installer à Londres, et il était emballé. Il m'a dit que j'avais une sacrée veine et qu'il viendrait me voir souvent. Il fallait que je trouve une remplaçante pour promener Monsieur Schmitt à ma place. Mais pas la sale gamine qui lui avait ramené le chien, l'autre jour. J'ai retenu ma respiration, redoutant qu'il ne soit fâché contre moi à cause de Flippi. Mais, Dieu merci, il n'a pas fait de commentaire.

Il a été adorable. Il a répété qu'il était hyper content que je l'aide à s'occuper de Monsieur Schmitt. Il a même dit que, avant que je déménage à Londres, il faut absolument qu'on aille dans un bon restaurant ou au cinéma, ou les deux. Pour fêter dignement mon départ.

Alors, il faut vite qu'on déménage. Comme ça, enfin il sortira avec moi.

Il a dit qu'il m'enviait beaucoup, que c'était super cool de s'installer à Londres.

Je n'imaginais pas qu'on puisse trouver ça cool. C'est étonnant.

Je file dire à ma mère qu'elle accepte ce boulot de costumière. Et je vais lire les bouquins sur l'Angleterre qu'elle nous a passés, à Flippi et à moi.

Samedi 11 novembre

Ma mère était très surprise, et aussi très heureuse, de mon revirement.

–Tu vois ce qui se passe quand on s'intéresse un peu à un pays et à ses habitants : on perd vite ses préjugés.

–On déménage quand ? l'ai-je interrompue.

Je meurs d'impatience de fêter mon départ avec Eberhard.

–Du calme, Jojo. Pour commencer, nous irons passer un week-end à Londres. Comme ça, on verra si on se plaît là-bas.

–Oh, je m'y plairai, je le sais ! On peut déménager tout de suite.

Ma mère a froncé les sourcils.

–Jojo, pas de précipitation. Il y a peu, tu ne voulais pas en entendre parler.

–J'ai changé d'avis, voilà tout.

–Ça cache quelque chose.

Je suis devenue rouge pivoine.

–Mais non, je te jure !

Samedi 11 novembre, le soir

Cet après-midi, c'était super romantique avec Eberhard. Il m'a apporté un cœur en nougat et nous l'avons grignoté ensemble.

Nous avons aussi rencontré Lucilla, mais elle n'a pas osé me faire signe. Heureusement, car Eberhard aurait pu se demander pourquoi Lucilla promenait « mon » chien.

Elle a déguerpi presque aussitôt et, vingt minutes plus tard, elle est revenue avec Carla sur les talons. Je l'ai vue qui nous montrait du doigt, triomphante, Eberhard et moi. Carla a joué l'indifférente, mais, en fait, elle était très impressionnée et certainement jalouse.

Malheureusement, je n'ai vu Annette nulle part. Dommage, j'aurais bien aimé lui présenter Eberhard.

Lundi 13 novembre

J'ai rencontré Annette aujourd'hui.

–Et alors, comment ça va avec Sven ? a-t-elle aussitôt demandé.

Ma cervelle fonctionnait à plein régime et j'ai tout de suite compris à qui elle faisait allusion.

–Tout baigne. On ne se quitte plus !

Annette a soupiré.

–Tu as de la chance !

Je lui ai aussi parlé de Londres, et elle a soupiré à nouveau.

–Tu as de la chance ! Si seulement une chose pareille m'arrivait !

–Et avec Edgar ? ai-je demandé.

Les yeux d'Annette se sont mis à briller.

–On sort souvent au cinéma ! J'en ai juste un peu marre de promener son chien. Maintenant, il faut que je le fasse courir à travers champs. Edgar pense que ça fait du bien à Mops. Je trouve ça plutôt idiot, mais dès qu'il me regarde, je cède. Il a une façon de vous regarder... ça me rend toute chose.

J'ai hoché la tête. Je connaissais bien ce regard. Eberhard l'avait aussi. Ils ont dû suivre le même cours, Edgar et lui.

Nous avons passé l'après-midi à chanter en chœur les louanges d'Eberhard et d'Edgar. Ça nous a mises de très bonne humeur.

Lucilla est arrivée vers seize heures.

–Tu l'as vu quelque part? a-t-elle chuchoté. Il faut absolument que je lui parle.

Je savais de qui elle parlait.

–Non, je ne l'ai pas vu, ai-je répondu.

J'ai repensé à ma dernière rencontre avec Sven, et j'ai eu un pincement au cœur. Je me demande ce qu'il a voulu dire. «Je te croyais plus futée.» Tss. Il est jaloux, tout bêtement.

Je m'en fiche, ça va super bien avec Eberhard. Aujourd'hui, il n'avait pas le temps de rester avec moi, mais ce n'est pas grave. Il devait faire quelque chose pour le lycée. Je ne suis pas fâchée. Pas le moins du monde.

La vie est formidable.

Mardi 14 novembre

La vie est fantastique: ce soir, je vais au restaurant avec Eberhard pour fêter mon départ. C'est lui qui l'a proposé! C'était son idée.

Je trouve ça très romantique. Ça a même un côté tragique: la première fois est aussi la dernière. C'est comme dans un film. À part, naturellement, que ce n'est pas la dernière fois, puisque nous ne déménageons pas encore. Mais je ne pouvais plus attendre, et c'était la meilleure méthode pour qu'il sorte avec moi.

Il suffira que je disparaisse quelques jours. Ensuite, je referai surface et je lui dirai qu'on est revenues parce que ça ne nous plaisait pas à Londres.

Eberhard a été très courageux hier, quand je lui ai dit que c'était la dernière fois qu'on se voyait. Il n'a pas sourcillé.

–Écoute, ai-je commencé, l'air grave et digne. J'ai une mauvaise nouvelle pour toi. Pour nous deux.

J'ai fait une pause, pour faire monter la tension dramatique. Il m'a regardée avec intérêt. J'ai poursuivi, de plus en plus émue :

–Nous savions que cet instant devait arriver…

Il a froncé les sourcils.

–… l'heure est venue, il faut maintenant nous séparer.

J'avais longuement répété mon petit discours devant le miroir de la salle de bains et je l'ai déclamé avec beaucoup de pathos.

–Après-demain, je pars pour Londres, ai-je conclu, la voix brisée par l'émotion.

Eberhard a réagi avec un grand calme.

–Bon, d'accord, a-t-il dit. Mais demain, tu peux promener Monsieur Schmitt, n'est-ce pas ?

–Bien sûr, l'ai-je rassuré.

Je n'allais pas le laisser en plan, le pauvre.

J'ai demandé à Annette si elle pouvait me remplacer pendant quelques jours, et elle a été tout de suite d'accord. Vraiment sympa de sa part. Très fière de l'arrangement que j'avais trouvé, j'en ai fait part à Eberhard.

–Ne te fais pas de souci pour Monsieur Schmitt, ai-je dit. Une amie à moi accepte de s'en occuper.

Eberhard était tout content.

–Hé, c'est super ! s'est-il écrié.

–Elle est adorable. Et elle promène chaque jour le chien de son copain, alors ça ne la dérange pas d'en avoir un deuxième. Elle s'appelle Annette.

–Et comment s'appelle le chien ? a demandé Eberhard.

–Mops.

–Mops ? a-t-il répété, d'une voix étranglée. Euh… écoute, ce n'est peut-être pas une bonne idée.

–C'est une idée géniale ! ai-je répliqué.

Il a secoué la tête.

–Non, non, laisse-moi m'en occuper.

Il m'a fait un grand sourire enjôleur et a poursuivi :

–Je ne veux pas que mon bel ange blond tracasse sa jolie petite tête pour ça.

Il n'est pas mignon ? Je fonds... Ah, c'est si romantique !

Mercredi 15 novembre

Quel crétin ! Oui !

Hier soir, j'ai fait le pied de grue au parc en attendant Eberhard. Il est arrivé, essoufflé, pour me dire :

–Désolé, mon ange, mais j'ai un problème. Ça ne marche pas pour ce soir. Je dois aider mon père à laver sa voiture.

–Je ne te crois pas ! ai-je crié.

Il en a été tout déconcerté.

–Non ?

–C'est incroyable : chaque fois que nous devons sortir, il y a un problème !

Il a souri tristement.

–Je suis vraiment désolé. C'était notre dernière soirée, et ce contretemps...

J'étais furieuse, et surtout affreusement déçue. Mais j'ai essayé de me contenir ; je me suis promis de ne plus réagir aussi vivement quand Eberhard n'a pas de temps à me consacrer.

Il a essayé de me consoler.

–On rattrapera ça quand tu reviendras nous voir, d'accord ?

J'étais vexée. Il a plongé ses yeux dans les miens en souriant timidement. J'ai soupiré. Ah, il n'y peut rien, le pauvre ! Et comment résister à ce regard tendre ? J'ai souri à mon tour. Il m'a pris la main en disant :

–Tu me plais bien mieux comme ça !

Ah, il est siiiiii mignon !

Tout à coup je me suis souvenu de quelque chose. Toute joyeuse, j'ai annoncé :

–Hé, pas de problème ! On ne déménage plus !

–Quoi ? Je me donne toute cette peine pour des prunes. Tu aurais pu le dire plus tôt !

J'ai été surprise de sa réaction.

–Désolée, ai-je bredouillé. Ce n'est pas ma faute…

Il a hoché la tête, l'air exaspéré.

–On pourrait sortir ensemble demain soir, ai-je suggéré prudemment.

Il a grogné.

–Qu'est-ce que tu as? ai-je demandé.

–Tu voudrais savoir si tu peux encore t'occuper du chien, c'est ça?

–Je ne comprends pas bien…

–Je me casse la tête pour trouver une autre… quelqu'un d'autre… un copain pour promener Monsieur Schmitt, et puis j'apprends que tu ne déménages pas.

–Ça ne me gêne pas de continuer à promener Monsieur Schmitt, sincèrement, ai-je dit.

Apparemment, à voir sa tête, ce n'était pas ce qu'il attendait. Je ne comprenais vraiment pas quel était son problème.

Il a réfléchi un instant. Puis il a retrouvé son sourire et a dit, à nouveau aimable:

–C'est bon. D'accord. On ne sait jamais, après tout…

Un peu hésitante, j'ai demandé:

–On se voit demain? On pourrait peut-être aller au cinéma ou à la pizzéria…

–Hmm, a grommelé Eberhard, je n'ai pas beaucoup de temps en ce moment… Donne-moi ton numéro de téléphone. Je t'appellerai quand j'aurai besoin de toi… euh… je veux dire, quand je serai libre pour toi.

Il a demandé mon numéro de téléphone ! Hé, c'est un signe ! Je l'ai écrit sur un morceau de papier et le lui ai donné.

Il a jeté un regard sur le bout de papier et l'a glissé dans sa poche. Puis il a posé la question que j'attendais depuis très longtemps :

–Au fait, comment t'appelles-tu ?

Sous le coup de l'émotion, j'ai rougi et j'ai bafouillé.

–Jojo.

–Jojo ? Drôle de nom ! a-t-il commenté.

J'ai trouvé sa réflexion déplacée. Surtout de la part de quelqu'un qui s'appelle Eberhard.

–Mon vrai nom, c'est Josefine, mais tout le monde m'appelle Jojo, ai-je ajouté, un peu refroidie.

Il a retrouvé son sang-froid pour dire :

–C'est un très joli prénom. Vraiment. Enfin, ça change de l'ordinaire.

Il a ajouté en m'adressant un sourire enjôleur :

–Mais je préfère t'appeler « mon ange », ça te va bien mieux.

Merveilleux, adorable Eberhard ! Il est trop mignon !

– Bon, salut, a-t-il dit. Je te téléphone.

Il a caressé légèrement mes cheveux – blond platine – et il est parti.

Je suis restée un moment à le regarder s'éloigner. Au premier croisement, il a rencontré un copain qui lui a tapé sur l'épaule. Et tous deux ont pris la direction du cinéma.

Du cinéma ?

Ah, peut-être qu'Eberhard habite dans les environs !

Je suis rentrée chez moi toute joyeuse.

Jeudi 16 novembre

Lucilla m'a appelée pour m'annoncer qu'une catastrophe venait de se produire : elle a complètement raté son dernier contrôle de maths.

– Et, imagine ce que ma mère a dit ! s'est-elle lamentée. Elle a dit : « Finies les promenades au parc ! À partir de maintenant, tu resteras à la maison pour travailler. » C'est affreux ! Alors que je viens de rencontrer Sven !

– C'est vraiment dur, ai-je compati.

–Et le pire, a poursuivi Lucilla, c'est qu'elle m'a forcée à me reteindre les cheveux dans ma couleur naturelle. C'est un comble !

Elle s'est mise à pleurer.

–Ne t'en fais pas, Lucilla, l'ai-je consolée. Je t'aiderai en maths. Tu auras une bonne note au prochain contrôle et ta mère se calmera.

–Tu crois ?

–Sûr et certain.

Je peux être une très bonne amie, parfois.

Mais, pour être tout à fait honnête, j'étais un peu reconnaissante à la mère de Lucilla. J'en avais assez du jeu de cache-cache avec Lucilla et Eberhard. Et puis, c'est aussi bien qu'il n'y ait pas trop de filles blond platine dans les environs. Car Eberhard a un faible pour cette couleur de cheveux, et je n'aime pas trop la concurrence.

–Tu pourrais me rendre un service ? a demandé Lucilla.

J'étais un peu méfiante.

–Lequel ?

–C'est à propos de Sven.

Oh non, pas ça !

–Tu pourrais lui dire bonjour de ma part ? Je n'ai plus le droit de sortir…

–Pas de problème, ai-je dit.

–Mille mercis. Tu comprends, je ne voudrais pas qu'il m'oublie.

Elle aurait pu se dispenser de me rappeler l'existence de Sven, alors que, non sans mal, je commençais à l'oublier. Notre dernière rencontre n'avait pas été spécialement réussie.

Ah, je brûle d'impatience de revoir Eberhard !

Jeudi 16 novembre, le soir

Je suis allée au parc cet après-midi, mais pas d'Eberhard ni de Monsieur Schmitt à l'horizon. Pas de Sven, non plus. Mais là, ça m'était égal.

Heureusement Annette était là, et elle s'est réjouie de me voir.

–Imagine ! J'ai rencontré une fille super sympa ! s'est-elle écriée. Elle va te plaire, je suis sûre !

–Une fille ? ai-je demandé, étonnée.

Depuis quand est-il intéressant de faire la connaissance d'une fille ?

Annette a souri.

–Attends, tu vas être étonnée.

Elle a regardé sa montre.

–Elle devrait bientôt arriver. Tiens, la voilà !

Et j'ai vu: la fille avait de longs cheveux blond platine et tenait un chien en laisse. Je n'en croyais pas mes yeux: c'était un clone d'Annette et de moi.

–Elle aussi promène le chien de son copain! a expliqué Annette, tout excitée, en faisant de grands signes à la fille. C'est une drôle de coïncidence, non? Tu sais comment s'appelle son copain? Friedhelm! C'est dingue, non? Elle, c'est Sonia et elle est hyper sympa.

La Sonia en question s'est avancée jusqu'à nous, très à l'aise, et m'a tendu la main en disant:

–Salut, Jojo, Annette m'a parlé de toi. Où est Monsieur Schmitt?

Tiens, j'aimerais bien le savoir.

J'espère qu'Eberhard ne m'a pas trouvé de remplaçante. Je me sentais un peu bête de me promener sans chien à côté des deux autres. Ça ne m'a pas empêchée de bien m'amuser. Je trouve que Sonia a de la chance avec son copain, car il a un chien qui a fière allure. Un afghan. C'est un chien de course, très grand, avec de longs poils bruns et blancs. Très cool. Et très élégant. C'est une chienne, en fait, elle s'appelle

« Lady ». Avec mon caniche boby-buildé, je suis hors jeu. Ne parlons même pas d'Annette et de son Mops baveux.

Sonia ne pouvait rester longtemps, car elle avait promis à Friedhelm de mener « Lady » chez le vétérinaire.

J'ai décidé d'attendre Edgar avec Annette. Je n'étais pas pressée, puisque je n'avais pas à courir après Eberhard pour lui ramener Monsieur Schmitt. D'ailleurs, sans chien, je me sentais presque orpheline.

Edgar s'est fait attendre. Un moment, Annette a cru l'apercevoir au loin et lui a fait signe. Mais il n'a pas réagi et a disparu aussitôt. Ce ne devait pas être lui, a dit Annette, elle s'était sans doute trompée.

J'en ai eu marre d'attendre et j'ai fini par rentrer à la maison.

Je me sentais un peu triste à cause de Monsieur Schmitt. Je ne veux pas être la seule sans chien. Je veux continuer à promener Monsieur Schmitt. S'il le faut, je passerai la ville au peigne fin pour le retrouver. En plus : Monsieur Schmitt ne se promène jamais sans Eberhard. Et lui, j'ai encore plus envie de le voir que Monsieur Schmitt. Il me manque tellement !

Mais qui ai-je rencontré ? Sven !

Je me suis souvenue que j'avais promis à Lucilla de le saluer de sa part. Je l'ai donc abordé.

– Salut, ai-je dit en essayant de prendre un air détaché.

– Salut, a-t-il répondu plutôt froidement.

– Comment vas-tu ? ai-je demandé.

– Comment va Sven ? a-t-il répondu en appuyant de façon bizarre sur « Sven ».

Ça m'a agacée. J'ai rétorqué avec dédain :

– Très bien, merci !

Sven m'a regardée avec tristesse et a ajouté :

– Pourquoi les filles les plus sympa se laissent-elles toujours embobiner par de sales types ?

Sur ce, il s'est éloigné en secouant la tête.

J'étais furieuse. Non, mais quel imbécile ! Je ne lui adresserai plus jamais la parole.

Oh, zut, j'ai oublié de lui dire bonjour de la part de Lucilla !

Vendredi 17 novembre

Il a appelé ! Hourra ! Il m'aime !

Le copain qui devait promener Monsieur Schmitt n'a plus le temps. Si je veux, je peux le remplacer.

Vite, au parc !

Je suis archi contente !

Lundi 20 novembre

La vie a retrouvé son cours normal. Annette, Sonia et moi, on s'amuse bien en promenant les chiens. Seul point noir : Eberhard a toujours aussi peu de temps. Les seuls moments où je le vois, c'est quand je vais chercher le chien et quand je le ramène.

Il est de moins en moins ponctuel, en plus, et j'ai fait le pied de grue plus d'une fois avec Monsieur Schmitt à attendre que Monsieur se manifeste.

Quand j'ai des courses à faire, je suis obligée de traîner Monsieur Schmitt derrière moi. Ce qui n'est pas de tout repos. Il a fallu que je conclue un arrangement avec Flippi. Elle s'occupe du chien quand Eberhard est en retard, et elle reçoit un euro pour sa peine. Je trouve que c'est surpayé, mais je n'ai pas le choix.

J'ai parfois mauvaise conscience de confier Monsieur Schmitt à Flippi. La pauvre bête est complètement traumatisée, après.

Mardi 21 novembre

Flippi me tape sur les nerfs.

Je lui ai demandé de s'occuper de Monsieur Schmitt pendant une demi-heure, car je devais rendre des livres à la bibliothèque. Quand je suis revenue, le chien avait un bonnet sur la tête.

–Qu'est-ce que c'est que ça? Pourquoi as-tu mis un bonnet à Monsieur Schmitt?

–Parce que j'en ai marre des commentaires des gens dans la rue! Ils se tordent quand ils voient le cabot avec ses frisettes sur la tête. Alors, je lui ai flanqué un bonnet pour le rendre un peu plus présentable.

–Il a l'air encore plus idiot maintenant, ai-je dit en enlevant le bonnet à Monsieur Schmitt.

Flippi m'a arraché le bonnet des mains.

–À partir de maintenant, il faudra que tu me payes le double pour sortir le bestiau. J'exige des dommages et intérêts, si je dois me balader en public avec cette horreur. Tu n'imagines pas comme c'est pénible!

Et elle a tourné les talons.

À temps, car Eberhard venait d'apparaître au coin de la rue.

J'avais décidé d'être odieuse, car, d'après Sonia, c'est très *in*. Elle a fait une étude et constaté que les filles les plus enquiquinantes et capricieuses de sa classe ont toujours une meute de garçons qui leur courent après. Nous devrions nous comporter de la même façon et nous aurions beaucoup plus de succès, selon elle. Je vais essayer. Pourquoi pas, après tout ? Quand il s'agit d'amour ou de guerre, tous les moyens sont permis.

J'étais donc froide comme un glaçon quand Eberhard est arrivé et je lui ai tendu la laisse sans un mot.

– Merci, mon ange, a-t-il dit, et il s'apprêtait déjà à filer.

Je n'ai pas desserré les lèvres.

Il s'est immobilisé et a demandé :

– Il y a un problème ?

– Non, ai-je répondu, très décontractée, et j'ai fait mine de m'éloigner.

Il m'a retenue par l'épaule.

– Tu as quelque chose sur le cœur, ça se voit, a-t-il dit.

– Non, ai-je répété, en me dégageant.

Il était décontenancé.

– Hé, dis-moi ce qui se passe.

– Ça ne t'intéresserait pas, de toute façon.

J'ai fait quelques pas, mais comme il ne se précipitait pas pour me rejoindre, j'ai vite ralenti l'allure.

Enfin, il s'est mis en mouvement, Dieu merci ! Il m'a rattrapée et a passé son bras autour de mes épaules.

C'est dingue ! Il suffit d'être froide et distante avec les garçons pour qu'ils s'intéressent à vous ! Il faut le voir pour le croire ! Mais qu'est-ce qu'ils sont bêtes !

Ça m'était très facile de jouer à la fille à ne pas prendre avec des pincettes, car je n'étais pas d'excellente humeur, loin de là. Je me réjouis de chaque rencontre avec Eberhard, mais lui n'a jamais de temps à me consacrer. Et ça, je supporte de plus en plus mal.

– Qu'est-ce qui te tracasse, mon ange ? a-t-il demandé tendrement.

J'ai soupiré de bonheur.

Il a mal interprété mon soupir.

–C'est si grave que ça ? Allez, raconte, tu peux tout me dire.

Mon cœur battait comme un fou. Il avait toujours son bras autour de mon cou et nous avancions enlacés comme un couple d'amoureux. J'étais au septième ciel.

Il fallait maintenant que j'invente très vite une histoire tragique, pour faire durer la situation. Je n'avais rien préparé, n'imaginant pas que ce serait aussi facile.

Dommage que Sonia et Annette ne puissent pas me voir ! Elles n'en reviendraient pas ! À vrai dire, j'aimerais aussi me voir. Enfin, nous deux. Nous faisions un joli couple, je suis sûre.

J'ai essayé discrètement de loucher dans une vitrine pour voir mon reflet. Pour cela, il fallait que je tourne la tête, ce qui tombait à pic.

–Regarde-moi dans les yeux, mon ange, a dit Eberhard, d'une voix douce.

J'aurais bien aimé ! Mais ce n'était pas le moment. Un regard de lui, et je perds tous mes moyens. J'ai donc continué à regarder fixement dans la direction opposée.

–Est-ce que c'est à cause de Monsieur Schmitt ?

J'ai haussé les épaules, mais je sentais la panique monter lentement. Comment poursuivre ce petit jeu ? Je n'en avais aucune idée.

– Tu ne veux plus le promener ?

Bing ! J'avais trouvé. J'allais m'arrêter, me tourner vers lui et plonger mes yeux dans les siens. Et lui allait m'embrasser.

J'ai mis mon plan à exécution. Je me suis arrêtée, je me suis tournée vers lui et j'ai plongé mes yeux dans les siens.

– Tu ne veux plus promener Monsieur Schmitt, a-t-il répété tendrement.

– Mais si, bien sûr.

Maintenant, il devait se pencher vers moi et m'embrasser. J'ai attendu.

Eberhard a ôté son bras de mon cou, a reculé d'un pas et a poussé un soupir de soulagement.

– Dieu merci ! Je commençais à m'inquiéter.

J'étais anéantie !

Il m'a donné une petite tape sur l'épaule et s'est écrié :

– Super ! Alors, à demain !

Et il a fichu le camp. Non, mais quel abruti ! Au lieu de m'embrasser, il me donne une tape sur l'épaule et disparaît !

Est-ce que c'est normal ?

Je suis rentrée chez moi, comme assommée, et j'ai repassé le film de la soirée, scène par scène. Où avais-je commis une erreur ? Qu'est-ce qui avait mal tourné ? Ça avait pourtant si bien commencé !

Il est peut-être timide, tout bêtement ! Il faut que je lui donne une deuxième chance de m'embrasser.

Mais baiser ou pas baiser, il a mis son bras autour de mon cou ! Et pendant un long moment ! C'était siiiii bon ! C'est quand même une preuve. S'il ne s'intéressait pas à moi, il n'aurait jamais fait ça. S'intéresser à moi, que dis-je ? il est fou amoureux.

Vous pariez ?

Je dois absolument dire à ma mère de renoncer au job à Londres. Je ne peux pas déménager maintenant, alors qu'Eberhard va bientôt m'embrasser pour la première fois.

Mercredi 22 novembre

Non, mais quelle famille débile !

Ma mère refuse de me jurer que nous n'allons pas déménager. Elle a six semaines pour réfléchir, m'a-t-elle dit, et elle veut profiter de ce délai pour prendre sa décision, sans sc laisser influencer par mes caprices.

Eh bien, bravo: elle préfère détruire le bonheur de sa fille aînée!

Quant à Flippi, c'est une andouille! Elle veut nous séparer, Eberhard et moi. Elle n'arrête pas de me titiller.

–Tu es bête comme un plat de nouilles, Jojo! Tu ne vois pas ce qui se passe?

–Laisse-moi tranquille, patate! Ça ne te regarde pas!

–Ah bon, ça ne me regarde pas? Je suis malheureusement de la même famille que toi, et si on apprend que tu as autant de jugeote qu'une soupe en sachet, ma réputation en souffrira!

–Je ne comprends pas ce que tu veux dire!

–Hé, ouvre un peu les yeux! Active le peu de cervelle qui te reste!

–Tu pourrais être plus claire?

Flippi m'a regardée avec pitié.

–Tu veux vraiment que je sois plus claire?

–Je t'en prie!

Elle m'a prise par le bras et m'a fait asseoir sur mon lit.

–Eh bien… a-t-elle commencé sur le ton d'un médecin s'adressant à son patient.

–Ne me parle pas comme si j'étais malade, ai-je protesté.

–Mais tu es malade, Jojo, malade d'amour!

Je me suis levée d'un bond, furieuse.

–Mais, bonne nouvelle: ce n'est pas incurable. Rassieds-toi et écoute-moi.

–Non! ai-je rétorqué, butée.

Je voulais bien écouter ce qu'elle avait à me dire, mais je tenais à rester debout.

Flippi a pris sa respiration.

–Tu es tombée dans les pattes d'un arnaqueur!

Elle s'est interrompue, guettant ma réaction. Mais je n'ai pas réagi, ne comprenant rien à ce qu'elle disait. Elle a poursuivi intrépidement:

–Ton Sven – et je doute que ce soit son vrai nom…

J'ai viré au rouge écarlate.

–… ne s'intéresse absolument pas à toi. Il te fait les yeux doux juste pour que tu ailles promener son cabot. Ça m'étonnerait d'ailleurs que ce soit son chien.

–C'est le chien de sa grand-mère, suis-je intervenue.

–Si vraiment il a une grand-mère !

–Tout le monde a une grand-mère !

–Jojo ! Jojo !

Ma sœur a secoué la tête.

–Ma pauvre, qu'est-ce qu'on va faire de toi ?

–Arrête de prendre tes grands airs. C'est tout ce que tu as à me dire ?

Flippi y est alors allée franchement.

–Ce type t'a persuadée de te teindre les cheveux et de promener tous les jours un chien à moitié cinglé. Selon moi, tu n'es pas la seule. Il a toute une meute de nanas qui promènent pour lui toute une meute de chiens. Je suis prête à parier qu'il se fait payer par les propriétaires des chiens. Et c'est lui qui encaisse le fric, sœurette ! Et les nanas se sont toutes teintes en blond platine !

Je n'étais pas préparée à entendre ça. Je me suis sentie mal et j'ai dû m'asseoir.

Flippi a-t-elle raison ? Le tendre, le charmant Eberhard est-il capable de tant de perversité ?

–Réfléchis à ce que je t'ai dit ! a encore ajouté Flippi.

Et elle est sortie en claquant la porte derrière elle.

Je me suis écroulée et j'ai éclaté en sanglots. Je pleure toujours quand je ne sais plus quoi faire. Au moins, ça m'occupe.

Après mûre réflexion, j'ai conclu que Flippi divaguait et que pas un mot de ce qu'elle racontait n'était vrai.

J'ai commencé à me sentir mieux. J'ai tamponné d'eau froide mes yeux rougis par les larmes et je me suis mise en route. En route pour rejoindre Eberhard. Ma sœur ne nous séparera pas ! Le véritable amour est indestructible. Ou est-ce que l'amour rend bête ? Non, il rend blond, et j'en suis la preuve vivante.

Ah, sottises ! Tout ça n'est que le délire d'une gamine qui lit trop de romans policiers.

Face à Eberhard, j'ai à peine ouvert la bouche. J'avais peur qu'il s'aperçoive que j'avais entendu des horreurs à son sujet.

Il a été adorable. Il est beaucoup plus attentionné ces derniers temps. Il est amoureux, c'est clair.

Ou bien… ?

Ensuite, je me suis promenée dans le parc avec Annette et Sonia. J'avais absolument besoin de penser à autre chose.

–Pourquoi vous êtes-vous teint les cheveux en blond platine ? ai-je brusquement demandé.

Sonia a répondu immédiatement :

–Parce que c'est « in ».

Tiens, c'est bien ce que je disais. Le blond platine est « in ».

Annette a gloussé.

–C'est à cause d'Edgar. Il m'a dit que le blond platine m'irait bien.

Le choc.

Sonia a renchéri :

–Friedhelm aussi aime le blond platine.

Patatras ! Mes dernières illusions s'envolaient.

D'une voix plaintive, j'ai avoué :

–Moi aussi, je me suis teint les cheveux à cause de Sven.

–Et alors ? Pourquoi dis-tu ça comme si c'était une catastrophe ? a demandé Sonia.

–Mais enfin, vous ne comprenez pas ce que ça signifie ? me suis-je écriée.

Annette et Sonia m'ont regardée avec stupéfaction.

–Eh bien ? ai-je insisté. Réfléchissez !

–L'amour rend blonde, a gloussé Sonia.

–Oui, et bête ! ai-je répliqué.

Annette a mis les poings sur les hanches.

–Dis donc, Jojo, qu'est-ce qui t'arrive ? Tu cherches la bagarre ?

J'ai secoué la tête et je me suis affalée sur un banc.

–Je ne sais pas comment vous expliquer, mais j'aimerais bien rencontrer Edgar et Friedhelm. Pour plus de sûreté.

Les deux filles se sont regardées.

–Elle délire complètement, a dit Sonia.

Annette a haussé les épaules.

–Je ne sais pas ce qu'elle a.

J'ai soupiré.

–Je ne sais pas non plus ce que j'ai. Mais je voudrais m'assurer que nous n'avons pas toutes les trois le même copain.

En entendant ça, Sonia et Annette se sont tordues de rire.

–Tu regardes trop la télé. Hé, ici, c'est la vie réelle ! s'est écriée Sonia.

–D'accord, ai-je rétorqué, alors, prouve-le-moi. Amène ton Friedhelm !

Sonia s'est emportée.

–Ce n'est pas à toi de me dire ce que j'ai à faire !

–Tu as peur ! ai-je répondu, triomphante.

Annette a tenté de s'interposer.

–Jojo, ne dis pas n'importe quoi, calme-toi !

Sonia a tiré Lady par la laisse et déclaré :

–Promène ton chien débile toute seule. J'ai honte de me montrer à côté d'une horreur pareille.

Sur ce, elle s'est tournée vers Annette.

–Viens, Annette, on s'en va.

–Ah, et toi, tu n'as pas honte de te montrer avec un bouledogue qui bave tout le temps ! ai-je crié, hors de moi.

Annette m'a jeté un regard courroucé. Mince, je l'avais vexée, elle aussi. Pas malin. Elle m'a tourné le dos et s'est éloignée avec Sonia. En secouant la tête, indignée.

J'ai secoué aussi la tête, de désarroi. Qu'est-ce qui m'avait pris ? En moins de deux minutes, j'ai perdu deux amies. C'est la faute de Flippi, pas de doute. Tout ça à cause de cette gamine stupide et malfaisante ! Elle va m'entendre.

Après avoir ramené Monsieur Schmitt, je suis rentrée à la maison et j'ai dit ses quatre vérités à Flippi.

Furibonde, je lui ai raconté le désastre qu'elle avait provoqué. Mais elle a haussé les épaules, en disant :

–Elles sont encore plus bêtes que toi ! Sais-tu ce que nous allons faire ? Nous allons leur prouver que c'est vrai ! D'accord ?

–Exactement, nous allons le leur prouver ! me suis-je écriée avec enthousiasme. Mais comment ?

Flippi a eu un petit sourire.

–Laisse-moi faire !

–Merci, ai-je dit.

Une fois Flippi partie, j'ai repensé à ce qui s'était passé. Ai-je vraiment dit « merci » à ma sœur ? À cette gamine totalement irresponsable et incontrôlable ?

Je n'avais pas imaginé que la conversation se déroulerait ainsi. Que s'était-il passé ? Comment se fait-il que ma vie défile devant moi sans que je puisse intervenir ?

Et pourquoi fais-je équipe avec Flippi maintenant ? Contre qui exactement ? Quand même pas contre le charmant, l'adorable Eberhard, qui m'appelle toujours « mon ange « ? Je suis toujours amoureuse de lui !

Pourquoi ma vie est-elle si compliquée ? Et qui en est responsable ?

Je ne suis pas certaine, mais je miserais sur ma mère.

En plus, j'en veux toujours à Sven. D'abord, il est super sympa avec moi, ensuite il se comporte de manière totalement débile. Et maintenant, il a disparu de la circulation. Enfin, pas tout à fait. Il n'est seulement plus là où on se rencontrait par hasard.

Heureusement, Lucilla est bien informée. Elle ne le lâche pas d'une semelle, en ville, à la station-service, au café. Mais la plupart du temps, il est à la bibliothèque, m'a-t-elle dit.

Elle a découvert qu'il était au lycée Humboldt, une classe en dessous d'Eberhard. Ça me rend folle ! N'a-t-elle pas mieux à faire que de courir derrière un mec ? Lucilla m'horripile. Sa mère n'aurait pas dû lever l'interdiction de sortie.

D'accord, Sven est mignon. D'accord, il est sympa et marrant. Mais des garçons comme ça, il y en a des tonnes.

Il y a quand même quelque chose qu'elle n'a pas obtenu : il ne l'a toujours pas invitée à manger une glace.

En fait, Sven est bien plus sympa qu'Eberhard. Et je trouve ça dégoûtant.

La vie est trop injuste !

Jeudi 23 novembre

Flippi a commencé son enquête. Quand elle est rentrée, elle a grommelé :

–Ce type est malin. Il m'a filé deux fois entre les doigts.

–Pas étonnant, avec l'allure que tu as !

Flippi s'était déguisée, en effet. Elle avait enfilé un vieux manteau de ma mère et – comme si ça ne suffisait pas – elle s'était collé une fausse barbe. Elle déraille, ma frangine.

–Mais nous avons une première preuve. Quand il a ramené Monsieur Schmitt, j'ai réussi à le suivre sans me faire remarquer.

« Sans me faire remarquer » ! J'aurais bien aimé voir !

–Et sais-tu à qui il a ramené le cabot ? À une vieille rombière qui habite une villa dans le quartier chic. Et elle lui a donné du fric. Qu'est-ce que tu en dis ?

– Ça pourrait être sa grand-mère.

–Pfft, si c'est sa grand-mère, alors je suis ton frère.

–Flippi, ça ne prouve rien du tout. Ce n'est pas avec ça que je pourrai convaincre Annette et Sonia !

J'ai poussé un grand soupir, démoralisée.

–Et où était-il pendant que je promenais Monsieur Schmitt ? ai-je demandé.

–Je ne sais pas. Il m'avait distancée. Mais il n'était pas à l'école primaire, j'ai vérifié. Pas de Sven en vue.

–Eberhard.

Je me suis dit qu'il était temps de mettre cartes sur table avec Flippi.

–Il s'appelle Eberhard.

– Hou hou, Eberhard ! Et c'est pour un Eberhard que tu t'es donné tout ce mal !

Flippi a secoué la tête, incrédule.

–Il ne s'appelle pas Eberhard, tu paries ?

J'ai fixé Flippi sans comprendre.

–Je te dis qu'il ne s'appelle pas Eberhard ! Tu es la reine des dindes ! Pourquoi l'as-tu baptisé Sven ?

Je n'ai pas répondu.

Flippi m'a regardée et a éclaté de rire.

–Tu as inventé un nom, parce que tu avais honte de « Eberhard ». C'est le grand amour, il faut croire ! Ma pauvre Jojo, tu en tiens une sacrée couche !

–Tu baisses le ton, sinon tu peux dire adieu au job !

Parce que Flippi se fait payer pour son enquête !

–Les détectives privés sont rares, tu sais. Alors, moi, à ta place, je serais gentille avec moi, a répliqué Flippi.

Je me suis dispensée de répondre pour revenir au vif du sujet :

–Et maintenant, comment on continue ? ai-je demandé.

–Demain, je filerai Annette, a déclaré Flippi. Mais il me faut un autre déguisement. Le manteau est trop long. Je me suis pris trois fois les pieds dedans et je me suis étalée sur le trottoir Tiens, au fait, voilà la facture pour les pansements.

Et elle m'a tendu un ticket de caisse. Sur lequel figurait aussi le prix d'une tablette de chocolat.

– Qu'est-ce que ça veut dire ? ai-je demandé.

– Eh ben, ce sont les frais, a répondu Flippi en haussant les épaules.

Sur ce, elle a quitté ma chambre.

Je la hais !

En plus, je m'aperçois que j'aime de moins en moins Eberhard. Et ça m'énerve encore davantage !

Vendredi 24 novembre

J'ai vu Sven. Il était à la bibliothèque. Moi aussi. Je voulais emprunter un livre. Je n'y suis pas allée exprès pour lui, je précise.

Il a fait comme s'il ne me voyait pas. Je suis quand même allée à sa rencontre. Je devais toujours lui donner le bonjour de la part de Lucilla. Elle n'a plus l'interdiction de sortir, certes, mais je lui avais promis de saluer Sven de sa part.

J'étais un peu embarrassée. J'ai dit :

– Je ne veux pas te retenir longtemps. Lucilla m'a demandé de te donner le bonjour. Elle a…

– Lucilla ne m'intéresse pas, m'a-t-il interrompue.

–Ah? me suis-je étonnée.

En fait, j'étais très contente, sans bien savoir pourquoi.

–Tu ne comprends pas, hein?

Je l'ai regardé en me sentant un peu bête. Il s'est replongé dans ses bouquins, faisant semblant de se concentrer sur ce qu'il lisait.

Alors, je suis partie.

S'il s'intéressait à moi, il ne me laisserait pas partir comme ça, non?

Quel idiot!

Mais c'est bien qu'il ne soit pas amoureux de Lucilla. Il aurait eu le cœur brisé, sinon. Lucilla, en effet, a un nouveau béguin, un type qui travaille dans un magasin de disques et qui, naturellement, est super craquant.

Je lui ai demandé, indignée, ce que devenait Sven dans tout ça, et elle m'a regardée tout étonnée en demandant:

–Sven? Quel Sven?

Je lui ai rafraîchi la mémoire:

–Voyons, Sven, le garçon que tu trouves si génial! Celui qui a rattrapé mon chien!

Lucilla a éclaté de rire.

–Ah, lui ! En fait, tu vois, je ne le trouve plus si génial que ça. Tu devrais voir ce type du magasin de disques, Jojo : super mignon !

–Je trouvais Sven plutôt bien, ai-je protesté.

–Eh bien prends-le ! a dit Lucilla.

–Enfin, Lucilla ! me suis-je écriée, choquée.

–Ah, c'est vrai, s'est reprise Lucilla, tu as déjà un Sven ! J'embrouille tout.

Elle a gloussé sottement.

–Ce type est hyper cool. Il faut absolument que tu le voies.

–Oui, oui, ai-je marmonné.

Et je suis partie.

« Tu as déjà un Sven », a dit Lucilla. Tu parles ! Je n'ai pas de Sven. Même pas d'Eberhard, si ça continue.

Dimanche 26 novembre

J'ai bien réfléchi. Ça ne tient pas debout. Flippi déraille complètement.

Eberhard est adorable avec moi. Et siiii mignon ! C'est parce qu'il est trop serviable qu'il n'a jamais le temps.

À cause de Flippi, j'ai déjà perdu Annette et Sonia, et si je n'y prends pas garde, je perdrai bientôt Eberhard aussi.

Je vais dire à ma sœur d'arrêter immédiatement son enquête débile. Sa théorie n'a aucun sens. Et je dois parler à ma mère, calmement, à propos de Londres. Je ne veux pas déménager. Je veux rester ici.

Je viens de voir ma mère. Elle m'a dit :

–Je me demande aussi si c'est une bonne décision. Nous sommes bien ici, et j'aime mon travail au théâtre. Je crois que je vais refuser.

–Je suis contente que tu sois devenue raisonnable, l'ai-je complimentée.

Elle m'a lancé un regard furieux.

–Jojo, sais-tu, tu as parfois une façon de dire les choses qui me tape franchement sur les nerfs !

Elle a poussé un soupir.

–Je serai heureuse quand tu auras passé la puberté.

–Puberté ? Pfft ! De quoi te plains-tu ? C'est moi la victime, ici ! Tu es toujours sur mon dos, toujours en train de critiquer. Quant à Flippi, elle est complètement givrée et elle me rend la vie impossible !

–Ma chérie, tu exagères beaucoup. J'essaye d'être compréhensive avec toi, mais parfois...

–Tu n'essayes rien du tout ! l'ai-je interrompue. Tu n'es compréhensive qu'avec Flippi !

Ping ! Sur ce, j'ai filé m'enfermer dans ma chambre. Et j'y resterai jusqu'à ce que j'aie dix-huit ans et l'âge de m'exiler.

C'est nul, la vie !

Lundi 27 novembre

« Nul » est encore loin de la vérité.

Flippi est venue me rendre compte de ses dernières recherches.

Je lui ai crié à travers la porte de me laisser tranquille et de disparaître.

–Fiche-moi la paix avec tes hallucinations ! Si tu ne t'en étais pas mêlée, je verrais la vie en rose.

–Non, en blond platine ! a rétorqué Flippi. Tu es aussi bête que tu es blonde ! Je voulais te l'annoncer avec ménagement...

J'ai ricané. À qui fera-t-elle croire ça ?

–... mais tu ne le mérites pas. J'avais raison. Sur toute la ligne. Ce type a une meute de nanas et une meute de chiens. Pendant que vous promenez les cabots, pauvres idiotes, il se prélasse avec ses copains en se tordant de rire. Sa théorie est la suivante : si tu arrives à convaincre une fille de se teindre en blonde, alors tu peux tout obtenir d'elle, y compris qu'elle promène un chien à ta place. Comme ça fonctionne très bien, il a trois filles à son service qui gagnent du fric pour lui.

J'ai ouvert la porte brutalement.

–Je n'en crois pas un mot !

Flippi m'a regardée sans rien dire.

–Tu as des preuves ? ai-je poursuivi, tout aussi agressive.

Flippi a continué de me regarder et j'ai lu dans ses yeux une pointe de pitié.

–Je suis désolée pour toi, a-t-elle dit en posant sa main sur mon bras.

Elle s'est éloignée, mais s'est retournée après quelques pas.

–Au fait, il s'appelle Jens. Il a inventé des noms bizarres pour se fiche de votre poire.

J'ai éclaté en sanglots. Même sans preuve, je savais que Flippi avait cent pour cent raison. Je me suis traînée jusqu'à mon lit et je me suis lamentée à haute voix. C'est affreux. Ma vie est finie. Comment Eberhard a-t-il pu faire une chose pareille ? Eberhard ?

Non, Jens !

Jens, alias Eberhard alias Edgar alias Friedhelm.

Voilà ce qui se passe quand on est amoureuse ! Je ne tomberai plus jamais amoureuse. Plus jamais !

Mais comment ai-je pu être aussi bête ?

Après m'être un peu calmée, j'ai songé à un autre aspect de l'affaire : je me suis complètement ridiculisée. C'est la honte. La honte totale. À ne pas s'en remettre.

Une idée m'a traversé l'esprit.

Je me suis levée d'un bond et j'ai couru voir ma mère.

– On déménage à Londres ! Aujourd'hui même !

Ma mère était occupée à préparer le repas du soir. Concrètement, elle tartinait de Nutella des tranches de pain. Surprise par ma déclaration intempestive, elle a laissé tomber la tartine qu'elle tenait en main.

Elle allait réagir vertement quand elle a vu mes yeux rougis de larmes. Elle m'a alors prise dans ses bras.

–Jojo, ma chérie, que se passe-t-il ? a-t-elle demandé en me serrant contre elle.

Ça m'a énervée au plus haut point. Je me suis dégagée et j'ai dit :

–Il ne se passe rien ! Je veux juste déménager à Londres. Immédiatement.

J'entendais la cervelle de ma mère fonctionner à plein régime. Elle cherchait visiblement quelle était, d'un point de vue éducatif, la bonne réaction. C'est pourquoi je me suis dépêchée de dire :

–Ne viens pas me parler de puberté, ou de je ne sais quoi. C'est une décision longuement réfléchie.

Ma mère avait ouvert la bouche pour parler, mais elle l'a aussitôt refermée.

–D'accord, pas de problème, ne te fâche pas, a-t-elle concédé pour essayer de me calmer.

Mais chaque fois qu'elle cherche à me calmer, elle produit l'effet inverse : je me mets en colère.

–De toute façon, tu ne me comprends pas ! ai-je hurlé.

J'ai vu l'effort que ma mère faisait pour se dominer. Très prudemment, elle a fait une nouvelle tentative.

–Essaye... Donne-moi une chance.

Bon, d'accord, je vais la lui donner, sa chance.

–Eh bien, qu'est-ce que tu ferais si quelqu'un se comportait de manière ignoble avec toi, et en plus se moquait de toi ?

Ma mère a réfléchi un bon moment.

–Je crois que j'essaierais de lui parler. Je m'expliquerais franchement avec lui et je lui dirais que son comportement m'a profondément blessée.

J'en étais sûre ! La pauvre femme n'y connaît absolument rien ! J'ai levé les yeux au plafond.

Ma mère s'est enhardie.

–Que s'est-il passé ? Est-ce qu'il s'agit de Sven ? Quel est le problème ?

Ça m'a exaspérée, une nouvelle fois. Elle s'immisce toujours dans ma vie privée.

–Il ne s'est rien passé, et Sven n'a rien à faire là-dedans. Je voulais juste t'informer que je souhaite déménager à Londres. Mais tu vois des problèmes partout !

Sur ce, je l'ai laissée seule avec ses tartines de Nutella et je suis allée retrouver Flippi.

–Je t'annonce que nous déménageons à Londres, lui ai-je dit sèchement.

Flippi a secoué la tête.

– C'est débile. Tu ne peux pas fiche le camp en laissant ce type s'en tirer comme ça.

– Je ne vais pas fiche le camp, je voulais juste t'informer du déménagement. D'autre part, je vais lui parler et lui expliquer que son comportement est asocial.

Flippi a éclaté de rire.

– Il te manque une case ! Lui parler ! Tu n'as pas le sens commun !

J'en suis restée baba. Mais le pire est que je me suis entendue demander :

– Ah, et qu'est-ce que tu ferais à ma place ?

Je rêve : voilà que je demande conseil à ma petite sœur ! Moi !

Les yeux de Flippi se sont mis à briller.

– Ce que je ferais à ta place ? Je me vengerais ! Une vengeance terrible, sanglante ! Je lui rendrais la vie impossible. Voilà ce que je ferais !

Vengeance ?

Vengeance ! Mais oui, voilà ce qu'il fallait !

Rien que de penser à une vengeance, je me sentais mieux.

– Jamais je ne m'abaisserai à un tel niveau ! ai-je déclaré avec mépris.

Et je suis sortie, laissant Flippi pantoise.

Vengeance ! Oui, c'est ça !

Je vais me venger.

Mais comment ?

Il faut que je trouve une idée géniale. Ensuite, je pourrai toujours déménager à Londres.

Mardi 28 novembre

Incroyable, mais vrai. Il ne m'est venu aucune idée.

Je dois me rendre à l'évidence : j'ignore complètement comment on se venge. Encore un domaine où je suis nulle. Treize ans et aucune expérience du monde. Félicitations à ma chère mère. Elle a réussi son éducation !

Je ne rêve que de vengeance, mais je n'ai pas la moindre idée pour passer à l'action.

Mon royaume pour un bon plan !

– Qu'est-ce que tu vas faire ? a demandé Flippi en déboulant dans ma chambre, tôt ce matin.

J'ai compris immédiatement de quoi elle parlait.

– Tss, je n'irai plus au parc. Il sera bien embêté.

Flippi a éclaté de rire.

– Super comme vengeance ! Débutante !

J'ai boudé.

–Bien sûr que tu vas y aller. Plus que jamais!

–Écoute, après tout...

Flippi ne m'a pas laissée poursuivre.

–Tu y vas et tu fais comme si tu ne savais rien. Essaye d'être aimable et charmante. Comment veux-tu te venger autrement?

–Super comme vengeance: être aimable et charmante!

–Ce n'est pas ça, la vengeance, andouille!

–Ah, et elle ressemble à quoi, la vengeance? ai-je demandé, vexée.

Flippi a pris un air soucieux.

–Je me creuse la tête depuis des jours. Je n'ai pas encore trouvé d'idée géniale. Il faut que ce soit quelque chose de géant, quelque chose dont il ne puisse pas se remettre!

Ma mère devrait contrôler quel genre de films Flippi regarde à la télé. Sa tirade m'a fait froid dans le dos.

–Mais je vais trouver, tu peux compter là-dessus, a-t-elle conclu en quittant ma chambre.

Deux secondes plus tard, elle passait la tête dans l'entrebâillement de la porte.

–Mets tes deux copines au courant. Ce doit être une action commune.

Ça ne va pas être facile. Depuis notre dispute, je n'ai pas revu Annette et Sonia. Il faut pourtant que je leur parle pour leur révéler combien nous avons été sottes, toutes les trois.

Mais ce n'est pas tout. Il faudra aussi que j'aille trouver Sven. Et lui présenter mes excuses. Enfin, m'excuser, peut-être pas, mais lui parler en tout cas. Il a essayé de me mettre en garde contre Jens. Ou est-ce que je me trompe ? Ah, je ne sais plus où j'en suis !

Quoi qu'il en soit, il faut que je le voie.

Mardi 28 novembre, le soir

J'avais décidé de commencer par Sven. J'ai arpenté toute la ville et le parc, et quand je l'ai aperçu, j'ai failli sauter de joie. Tout d'abord, je n'ai pas osé l'aborder. Puis j'ai pris sur moi en essayant de me donner du courage.

Je me suis approchée de lui.

–Tu aurais un instant ? J'aimerais bien te parler.

Il s'est arrêté et m'a fait signe de continuer.

–C'est à cause de…, ai-je bredouillé.

Il a souri. Alors ça m'a été facile de lui dire que je m'étais comportée comme une andouille et que Jens était vraiment un sale type.

Sven a éclaté de rire, puis il a posé sa main sur mon épaule et a dit :

–Je suis heureux que tu t'en sois aperçue toute seule. J'aurais pu te prévenir, mais tu ne m'aurais certainement pas cru.

–Mais si, je t'aurais cru ! ai-je protesté.

Il m'a regardée droit dans les yeux.

–Non, tu as raison…, ai-je avoué, honteuse.

–Tu aurais sans doute pensé que je le calomniais parce que je suis amoureux de toi, a-t-il ajouté.

–Tu es quoi ? me suis-je écriée.

Et un grand sentiment de bonheur m'a envahie. Il est amoureux de moi ! C'est fou !

Sven est resté impassible. Comme si c'était la chose la plus naturelle du monde de déclarer à une fille, au détour d'une phrase, qu'on est amoureux d'elle.

–C'est vrai ? ai-je demandé.

Je voulais être sûre d'avoir bien entendu avant de me réjouir comme une folle.

Sven a pris un air innocent.

–Quoi?
–Ben, que…
Je me suis interrompue. C'était super gênant. Je ne pouvais quand même pas répéter qu'il est amoureux de moi. C'est pourtant ce qu'il avait dit. Ou est-ce que j'entends mal?
–Euh… ce que tu viens de dire, ai-je bafouillé, embarrassée.
–Tout ce que je dis est vrai. Je ne sais plus ce que j'ai dit, mais je suis sûr que chaque mot est vrai.
Son visage ne trahissait aucune émotion, je ne savais que penser. Puis il m'a souri, et j'ai compris que j'avais bien entendu: il était amoureux de moi.
J'étais un peu déconcertée. Mais dans le bon sens. Le sens d'une bonne surprise.
–Et maintenant, qu'est-ce qu'on fait? ai-je demandé.
–Que veux-tu dire?
–Eh bien, avec Ebe… euh… Jens?
Sven a froncé les sourcils.
–Tu me demandes ce que tu dois faire avec Jens?
–Oui, pourquoi pas?

Il a secoué la tête.

–Non, désolé. Tu t'es fourrée toi-même dans ce guêpier, je n'y suis pour rien. Débrouille-toi pour tirer ça au clair.

Je l'ai trouvée un peu raide. Il déclare qu'il est amoureux de moi, et ensuite il refuse de m'aider.

Je me suis mise à bouder.

Il a éclaté de rire, s'est penché vers moi et m'a donné un baiser sur la joue.

–Tiens-moi au courant.

Et il s'est éloigné.

J'ai mis ma main sur ma joue, à l'endroit précis où il m'avait embrassée, et j'ai cru que j'allais m'évanouir. Je n'arrivais pas à y croire.

J'ai passé un moment très pénible, quand je suis allée chercher le chien. J'avais envie de hurler et d'agonir d'injures Jens-Eberhard. Quel abruti !

Mais je n'ai pas moufté. J'ai pris Monsieur Schmitt, l'air très distante. Mais cette andouille de Jens ne s'est aperçu de rien. Il est bien trop occupé à se trouver génial pour remarquer quoi que ce soit. Il faudrait qu'on allume un feu d'artifice sous ses pieds ou qu'on lui morde le nez. Ça le ferait peut-être réagir. Non, mais quel crétin !

Ensuite, j'ai aperçu Annette et Sonia et je suis allée les rejoindre. Elles n'étaient plus fâchées et on s'est promenées toutes les trois dans le parc.

Je leur ai révélé peu à peu les turpitudes de Jens-Eberhard. Mais elles n'ont pas voulu me croire. J'ai dû leur raconter dans les moindres détails l'enquête de Flippi. Ça m'était très désagréable. C'est quand même ma petite sœur. Et elle a plus de jugeote que trois presque-adultes ! Pas vraiment glorieux. Mais nous sommes blondes. Blond platine.

–Comment peux-tu en être sûre ?

–Parce qu'il l'a lui même raconté !

–Friedhelm ? s'est étonnée Sonia.

–Jens, ai-je corrigé.

–Edgar l'a raconté à ta petite sœur ? a demandé Annette, incrédule.

–Jens ! Il s'appelle Jens ! Et il ne lui a pas raconté directement. Il l'a raconté à ses copains.

– Et ta sœur se trouvait par hasard dans les parages ?

–Pas par hasard, évidemment ! ai-je répliqué.

Et je leur ai raconté l'histoire de Flippi.

Flippi a suivi Jens dans une pizzéria. Elle lui sert de quartier général, pour ainsi dire ; c'est là qu'il retrouve ses copains.

Ses copains l'attendaient.

– Quoi de neuf sur le front des blondes ? a demandé l'un deux.

Flippi s'est approchée immédiatement. Les garçons l'ont regardée de travers et lui ont demandé d'aller voir ailleurs.

– J'aimerais bien, a répondu Flippi sans se démonter. Mais il se trouve que je travaille ici !

– Le travail des enfants est interdit par la loi, a commenté un des mecs.

Flippi a répliqué :

– J'aide mon oncle, et ça c'est permis. Qu'est-ce que vous prenez ?

– On a déjà commandé.

– Ce n'est pas mon problème, a répondu Flippi. Alors... ?

L'ennui, naturellement, est qu'ils ont arrêté de parler pour réciter leur commande. Flippi a tout noté et elle est passée à la table à côté pour que Jens puisse continuer le récit de ses exploits.

– Tes trois blondes n'ont toujours pas pigé ce qui se passait ? a demandé un de ses copains.

–Rien du tout. Hé, elles ne sont pas blondes pour rien ! a répondu Jens.

Et toute la bande s'est écroulée de rire.

À côté, Flippi a fait semblant d'essuyer la table. Ce faisant, elle a dérangé un jeune couple qui se regardait dans le blanc des yeux. Mais Flippi ne serait pas Flippi si elle se laissait impressionner par ce genre de détail.

L'homme s'est plaint qu'ils avaient déjà passé commande.

–Possible, a répliqué Flippi, mais les gens changent souvent d'avis. Je veux juste vérifier si vous confirmez votre commande. Redites-moi tout...

–C'est le meilleur job que j'aie jamais eu, a-t-elle entendu Jens raconter à la table à côté. Aucun travail, et un max de fric !

Pendant ce temps, la fille répétait sagement sa commande à Flippi.

–Tu es sûre ? a demandé Flippi. Parce que maintenant, je vais transmettre à la cuisine.

La fille a commencé à hésiter.

–Je ferais peut-être mieux de prendre une salade.

–Une salade ? Sais-tu que tu prives de leur nourriture des tas d'innocentes limaces ? s'est indignée Flippi.

La pauvre fille était complètement indécise.

–Eh bien, je ne sais pas, alors pas de salade…

–Très bien, a approuvé Flippi.

Jens a remarqué Flippi et il s'est arrêté de raconter. Pour éviter d'être percée à jour, Flippi est passée à la table suivante et a débarrassé assiettes et couverts. Manque de chance, les clients n'avaient pas terminé de manger et ils ont protesté vigoureusement. Flippi n'a pas été décontenancée pour si peu. Elle a dit :

–Je suis désolée, mais je ne peux pas en tenir compte, nous avons besoin des assiettes.

Deux tables, plus loin, quelqu'un a appelé :

–Je voudrais un Coca Cola !

–Excellente idée, a répondu Flippi, moi aussi !

Entre-temps, Jens avait raconté une nouvelle fois ses exploits, et toute la tablée hurlait de rire.

Sur ce est arrivé le patron de la pizzéria, le prétendu «oncle» de Flippi, et il a demandé s'il y avait un problème. Flippi lui a mis la pile d'assiettes qu'elle tenait dans les mains et a annoncé :

–Je démissionne !

–Ce n'est pas vrai ! a dit Annette d'une voix blanche.

Et elle s'est affalée sur un banc.

–Mais si, elle a vraiment dit qu'elle démissionnait, ai-je assuré.

Annette a fait un geste de la main.

–Je ne parle pas de ça.

Ah bon !

–Et maintenant ? a-t-elle demandé.

J'ai eu un grand sourire. C'était à moi !

–Maintenant, c'est l'heure de la vengeance !

Sonia a secoué la tête.

–Hou, la honte ! Si l'histoire s'ébruite, c'en est fini pour nous, fini ! La honte !

–Ça, c'est bien vrai ! ai-je soupiré.

Sonia s'est assise à côté d'Annette sur le banc. Elle est restée un bon moment sans rien dire. Puis elle a levé les yeux vers moi.

–D'accord, Jojo, je suis avec toi. En avant pour la vengeance ! Quel est ton plan ?

Mince. Mon plan ? Je n'en avais aucun. Flippi en avait un. Enfin, peut-être, espérons. Si elle avait trouvé une idée entre-temps. Mais pouvais-je avouer que nous devions nous en remettre à l'esprit d'invention d'une môme de huit ans? Plutôt gênant.

–Bon, eh bien, on se retrouve ici demain. Continuez à jouer le jeu, allez chercher les chiens et faites comme si de rien n'était. Il faut que j'y aille, Sven, euh... Jens... doit ramener Monsieur Schmitt plus tôt aujourd'hui.

Il fallait que je parte au plus vite si je ne voulais pas avouer que je n'avais pas de plan.

–Dis-moi, a demandé Sonia soudain, pourquoi a-t-il choisi avec toi un nom normal? Sven, ça sonne bien, tandis que Edgar et Friedhelm, c'est rude.

Je suis devenue rouge. Rouge écarlate.

D'une petite voix, j'ai répondu:

–Il m'a dit qu'il s'appelait Eberhard. Je l'ai baptisé Sven, parce que je trouvais «Eberhard» impossible.

Sonia a éclaté de rire.

–Tu es vraiment futée, Jojo. Je n'aurais jamais eu cette idée.

J'ai haussé les épaules. Non, je ne suis pas futée. J'ai seulement le sens du ridicule.

Je me suis brusquement rappelé que je n'avais pas de plan pour nous venger.

–Bon, il faut vraiment que j'y aille ! me suis-je empressée de dire. À demain !

Et j'ai filé.

–Hé ! s'est écriée Annette derrière moi. Et pour demain ? On doit s'habiller d'une façon spéciale ? On doit préparer quelque chose ?

–Non, non, ce n'est pas nécessaire.

Du moins, je l'espère.

Maintenant, tout repose sur Flippi. Mon sort dépend de ma petite sœur ! Eh bien, bravo !

Après avoir ramené le chien, j'avais rendez-vous avec Sven. Je suis arrivée un quart d'heure trop tôt, tellement j'étais impatiente de le voir. Je n'ai pas attendu longtemps, car lui aussi est arrivé en avance.

–On dirait que nos deux montres avancent, a-t-il dit joyeusement.

Et il m'a embrassée sur la joue. Je n'ai rien dit, je l'ai seulement regardé, radieuse.

–Hé, a-t-il dit, mademoiselle est dans un bon jour, on dirait !

–Effectivement, ai-je répondu. Il faut absolument que tu viennes au parc, demain. On a préparé un coup fumant pour Jens !

–Et quoi?

J'ai haussé les épaules.

–Je ne sais pas.

Sven a tiqué, puis il s'est mis à rire.

–Qui le sait, alors?

–Ma petite sœur. Elle est championne du monde question vengeance.

Sven a passé son bras autour de mes épaules.

–Allez, viens, je t'invite à la pizzéria.

–Avec plaisir! me suis-je écriée joyeusement.

Je nageais dans le bonheur. Sven est absolument adorable.

Sur le chemin vers la pizzéria, Sven n'a cessé de me regarder de côté. Ça m'a rendue hyper nerveuse, je ne savais plus ce que je devais dire ou faire.

–Tu es une catastrophe ambulante, a-t-il dit soudain.

Je l'ai regardé d'un air mauvais.

–Mais totalement adorable, a-t-il ajouté avec un sourire.

J'étais plus que rassurée, j'étais folle de joie.

–Et toi, tu es cool, drôle et super sympa, lui ai-je dit.

Et c'était facile de le dire, car je le pensais vraiment.

Sven s'est immobilisé, il m'a regardée dans les yeux et a eu un petit sourire.

–Prouve-le !

–Comment ? ai-je demandé, indécise.

–Eh bien, en…

–Salut, Jojo, je suis bien contente de te voir ! J'ai une idée géniale ! Allez, grouille, il faut qu'on aille faire des courses. J'ai besoin de quinze euros !

C'était Flippi, bien sûr, qui avait surgi brusquement derrière moi et qui maintenant me tirait par la manche.

Sven et moi avons sursauté. Il a baissé les yeux vers Flippi, a éclaté de rire et a demandé :

–Ta petite sœur, c'est ça ?

J'ai confirmé. Oui, c'était ma petite sœur, hélas ! Qui, une fois de plus, surgissait quand on n'avait pas besoin d'elle.

–Tu vois bien que je suis occupée ! l'ai-je rabrouée.

–Mais la vengeance n'attend pas ! a proclamé Flippi.

Sven a éclaté de rire.

–Je suis d'accord avec elle !

Ce qui lui a valu un regard approbateur de la part de Flippi, mais a assombri mon humeur. Pourquoi Sven donnait-il raison à cette peste de Flippi ?

–Allez, grouille, les magasins ferment dans un quart d'heure ! a dit Flippi.

Sven m'a regardée tendrement.

–On remet la pizzéria à plus tard, d'accord ?

–Brave toutou ! a commenté Flippi en lui donnant une tape sur l'épaule.

–Flippi, fiche le camp ! ai-je écriée.

–Vous avez trop fréquenté les chiens, vous deux ! a constaté Sven.

Là, il avait cent pour cent raison.

J'ai fini par admettre que, pour l'instant, le plus urgent était de préparer notre vengeance, et j'ai donc suivi Flippi.

Quand nous sommes rentrées à la maison, Flippi et moi, nous avons trouvé notre mère à la cuisine, occupée à frotter une plaque de la cuisinière, les yeux dans le vague et marmonnant des mots incompréhensibles. Elle n'a même pas remarqué notre arrivée.

Son attitude nous a aussitôt inquiétées, Flippi et moi. Il est très rare qu'elle nettoie la cuisinière, en effet, et de toute façon c'est complètement inutile. Il y a peu de risque qu'elle soit sale, car elle n'est jamais utilisée.

Nous avons essayé de décrypter ce qu'elle marmonnait. Comme elle ne cessait de répéter la même chose, la septième fois, nous avons fini par comprendre ce qu'elle disait : « Je suis bête à manger du foin. »

Flippi et moi, nous nous sommes regardées, interloquées.

Flippi a essayé de la consoler :

– Ce n'est pas ta faute, maman, tu dois tenir ça de Jojo. C'est de famille…

J'ai lancé un regard noir à Flippi.

Notre mère a soupiré.

– Je suis vraiment désolée pour Londres…

– Ne t'en fais pas, l'ai-je rassurée, c'est arrangé.

– Non, pas vraiment, a-t-elle avoué piteusement. J'ai tout embrouillé. Quand le metteur en scène m'a demandé si je voulais travailler pour lui, j'ai cru que c'était à Londres. Puisqu'il a un théâtre à Londres… Mais quand je suis allée le voir, aujourd'hui, pour refuser sa proposition, j'ai appris qu'il allait à New York. Et c'est là qu'il veut m'emmener.

–New York? Bof, c'est égal, puisqu'on a décidé de ne pas déménager, ai-je dit.

–On a décidé de ne pas déménager à Londres. Mais que diriez-vous de New York? a demandé ma mère, pleine d'espoir.

Devant nos mines dépitées, elle s'est empressée d'ajouter:

–Réfléchissez-y. J'ai apporté quelques livres sur New York, son histoire, ses coutumes…

Flippi et moi, nous nous sommes regardées, consternées. Tout recommence! C'est intenable!

–Enfin, selon moi, on devrait donner une chance à New York… a conclu ma mère en cessant de frotter la cuisinière.

–Mais je refuse de déménager! me suis-je écriée.

Je ne vais quand même quitter le pays au moment précis où ça s'annonce bien avec Sven!

Mercredi 29 novembre

–Surtout, soyez à l'heure! m'a sermonnée Flippi cet après-midi, alors que je sortais pour aller chercher Monsieur Schmitt.

–Es-tu bien sûre que notre mère ne sera pas à la maison? ai-je demandé.

-Sûre et certaine, a affirmé Flippi. Je lui ai arrangé un rendez-vous avec ma prof de technologie.

–Et ta prof est au courant?

–Bien sûr que non. Qu'est-ce que tu imagines? Il ne manquerait plus que maman rencontre mes profs.

–Mais maman finira par se rendre compte que ta prof de technologie n'est pas là.

Flippi a haussé les épaules.

–Et alors? Elle commencera par attendre bien sagement et avant qu'elle s'aperçoive que personne ne vient, il sera trop tard pour qu'elle rentre à la maison: elle aura tout juste le temps de filer au théâtre. Il y a une répétition en costumes aujourd'hui. Nous avons le champ libre tout l'après-midi.

J'ai secoué la tête. Flippi ne s'affole jamais, rien ne peut l'inquiéter. Un jour, ça finira mal.

Lorsque j'ai rencontré Annette et Sonia avec leurs chiens, elles m'ont aussitôt assaillie de questions.

–Ma petite sœur Flippi a préparé quelque chose. Ça coûte quinze euros en tout, nous devons payer chacune cinq euros.

–Qu'est-ce qu'elle va faire ?

–Je n'ai pas le droit de le dire.

J'avais promis à Flippi de ne pas raconter ce qu'elle avait manigancé.

–Bravo ! Ta petite sœur ! Et elle s'appelle Flippi ! Plutôt flippant, non ? s'est moquée Sonia.

J'ai regardé Annette dans l'espoir qu'elle viendrait à ma rescousse. Mais elle n'avait pas l'air très convaincue, elle non plus.

–Pourquoi confies-tu une mission aussi importante à ta petite sœur ?

Je les ai fixées l'une et l'autre droit dans les yeux.

–Parce qu'elle est la seule à pouvoir réussir les trucs les plus invraisemblables. Si tu veux que Flippi fasse quelque chose, tu n'as qu'à lui dire que c'est impossible et, woup ! elle le fait. Elle n'a peur de rien et a des idées que personne n'a eues avant elle. Elle ne respecte aucune loi, même pas les lois de la nature ! Crois-moi, si quelqu'un peut imaginer la vengeance parfaite, c'est Flippi.

Après ce discours enflammé, j'étais la première stupéfaite. Je venais de parler en bien de ma sœur ! Qu'est-ce qui m'arrivait ? Apparemment, la puberté me jouait des tours…

Sonia et Annette n'étaient pas encore entièrement convaincues. Mais comme elles n'avaient, de leur côté, aucun plan pour nous venger d'Eberhard, alias Jens, elles m'ont suivie jusqu'à la maison.

Trois chiens, trois filles blond platine… J'ai fait une prière pour que ma mère ne soit pas là !

Quand nous sommes arrivées à la maison, tout d'abord je n'en ai pas cru mes yeux. Flippi avait changé la décoration. On se serait cru dans un salon de coiffure. Elle avait enfilé un tablier blanc et elle nous a accueillies d'un air très affairé :

– Ah, le rendez-vous de trois heures et quart, très ponctuel, à la minute près ! Parfait. Si vous voulez bien me suivre…, a-t-elle susurré en entraînant Monsieur Schmitt dans la salle de bains.

Lorsqu'elle est revenue avec lui, une heure plus tard, nous avons poussé un cri.

Monsieur Schmitt, le caniche noir, était blond platine. Exactement comme nous.

Flippi est tout simplement géniale !

Elle a teint aussi Mops et Lady en blond platine. Annette et Sonia étaient si enthousiastes qu'elles ont donné un gros pourboire à Flippi.

J'étais très fière de ma petite sœur. Jens aura quelques difficultés, ce soir, pour expliquer à ses clients ce qui est arrivé à leurs chiens. Il peut dire adieu à son job et se préparer à de sacrés ennuis.

Flippi veut lui remettre les chiens elle-même, les trois à la fois. Elle a tout planifié dans le moindre détail. C'est un amour !

Allez, en marche, c'est l'heure. Eberhard-Edgar-Friedhelm nous attend !

Avant de partir, nous avons fait un serment, nous les trois blondes : plus jamais, aussi longtemps que nous vivrons, nous ne tomberons amoureuses !

Mercredi 29 novembre, le soir

C'était absolument grandiose !

Flippi attendait dans le parc avec les trois chiens ; elle devait faire son entrée à notre signal. Sven était appuyé, très décontracté, contre un lampadaire et observait la scène de loin. En passant, je lui ai fait un petit signe de la main, auquel il a répondu d'un geste.

Jens était déjà arrivé. Il faisait les cent pas, impatient. Annette, Sonia et moi, nous nous sommes dirigées vers lui, main dans la main.

Il est devenu très pâle en nous apercevant ensemble.

– Salut, Jens ! l'avons-nous salué en chœur.

Il est resté muet.

– Ça fait plaisir de te voir, avons-nous poursuivi.

– Où sont les chiens ? a-t-il demandé sèchement.

Nous nous sommes regardées.

– Les chiens ? Quels chiens ?

Jens est devenu encore plus pâle.

– Ah, tes chiens ! avons-nous repris avec un grand sourire. Nous avons une petite surprise pour toi. Tu vas être très content, c'est sûr…

Jens était à deux doigts de s'évanouir.

– Tu aimes tellement le blond platine, alors nous avons pensé…

C'était au tour de Flippi.

Elle s'est avancé avec les trois chiens. Blond platine !

Jens a ouvert de grands yeux. Suffoqué de colère, il a balbutié :

– Qu'est-ce que vous avez fait avec les chiens ?

C'était génial ! Il écumait de rage, hurlait, gesticulait comme un dément. Nous étions mortes de rire.

– Espèce de truies débiles ! a-t-il vociféré en essayant d'arracher les laisses à Flippi.

Mais Flippi les a lâchées avant qu'il s'en empare et les chiens ont pris la poudre d'escampette. Chacun dans une direction différente. On n'aurait pas mieux réussi si on avait répété avec eux.

– Oups ! a fait Flippi, l'air innocent, en se tournant vers Jens. Je suis vraiment désolée. Tu vois, tu aurais mieux fait de ne pas nous traiter de truies débiles. J'ai été tellement surprise que les laisses m'ont échappé des mains. Comme c'est bête…

Jens s'est précipité derrière les chiens, mais il était tellement énervé qu'il ne savait pas lequel il devait poursuivre en premier.

Nous nous tenions les côtes de rire.

Sven a bien ri, lui aussi. Puis il est venu vers moi, m'a prise dans ses bras et a dit :

–Bravo, les filles ! Vous avez été fantastiques ! Il faut fêter ça ; je vous invite à la pizzéria ! Et toi à Rome, a-t-il ajouté tendrement à mon oreille.

Puis il m'a serrée contre lui et m'a embrassée.

–Pouah ! s'est exclamée Flippi en tournant le dos.

Annette et Sonia m'ont regardée avec de grands yeux.

–Mais, Jojo ! se sont-elles écriées. Et notre serment ?

Je n'avais pas la moindre idée de quoi elles parlaient.

J'ai senti mes genoux faiblir.

Waouh ! Il est fantastique. Parfait. Idéal.

Je suis folle amoureuse de lui.

Dans la même collection

Les romans de julie

1 • *Arrête ton cinéma, Juliette* de Michel Amelin

2 • *L'acteur américain – Hollywood-en-Provence* d'Anne Laflaquière

3 • *Piège pour petits rats* d'Anne-Marie Desplat-Duc

4 • *Le Gang des Pestes – La revanche* de Julie Anne Peters

5 • *Le Gang des Pestes – Coups de foudre en série* de Julie Anne Peters

6 • *Journal intime d'une chipie* d'Emma Kallok

7 • *Personne ne m'aime, j'aime personne* de Michel Amelin

8 • *Le Gang des Pestes – Vol, soupçons et zizanie* de Julie Anne Peters

9 • *Philomène-la-Tornade* de Roger Collinson

10 • *Les Sorcières du collège – Coups de cœur et mauvais coups* de Marc Cantin

11 • *Les Sorcières du collège – Secrets de familles* de Marc Cantin

12 • *Allô, tu m'aimes ?* de Michel Amelin

13 • *Clémentine & compagnie – Star en danger* d'Yves Hughes

14 • *Qui veut épouser Max M. ?*
de Mame Farrell
15 • *Amours et brocolis*
de Julie Anne Peters
16 • *Coups de fil et coups montés*
de R. L. Stine
17 • *Clémentine & compagnie – Coup de corne*
d'Yves Hughes
18 • *Miss Catastrophe – On n'embrasse pas les sorcières*
d'Hortense Ullrich
19 • *Les amours de Tom – Charlotte, le foot et moi*
d'Alan Gibbons
20 • *Les amours de Tom – Titulaire et remplaçante*
d'Alan Gibbons
21 • *Miss Catastrophe – Courrier du cœur*
d'Hortense Ullrich
22 • *Miss Catastrophe – L'amour rend blonde*
d'Hortense Ullrich
23 • *Familles en folie – Une mère de trop !*
d'Ann Bryant
24 • *Familles en folie – Faux frère*
d'Ann Bryant
25 • *Familles en folie – La petite peste*
d'Ann Bryant
26 • *Artus et Pénélope – Le mystère de la Ferté-des-eaux*
de Moka
27 • *Amour, gloire et télé*
d'Andrew Matthews

28 • *Familles en folie –*
Trop parfaite pour être honnête
d'Ann Bryant
29 • *Miss Catastrophe –*
Le dernier baiser de l'année
d'Hortense Ullrich
30 • *Les Sorcières du collège –*
Amours piégées
de Marc Cantin

Loi 49-956 du 16 juillet 1949
sur les publications destinées à la jeunesse

Achevé d'imprimer en France en février 2003
sur presse Cameron par Bussière Camedan Imprimeries
à Saint-Amand-Montrond (Cher)
Dépôt légal : 1er trimestre 2003
N° d'impression : 030759/1